Trovador de Santa María

Otras obras de J. K. Knauss

Seven Noble Knights (Encircle Publications, 2020)

"Footsteps" en *We All Fall Down: Stories of Plague and Resilience* (Alhambra Press, 2020)

Trout Riot: A Legend from Zamora, Spain, in Eight Scenes (Açedrex Publishing, 2020)

Y el tomo complementario a *Trovador de Santa María*, una novela corta a partir de la Cantiga 5: *Empress of Misfortune*

✠

Trovador de Santa María

y otras historias milagrosas
de las *Cantigas de Santa María*
en homenaje a Alfonso X el Sabio

J. K. KNAUSS

Encircle Publications
Farmington, Maine, U.S.A.

Diseño portada: Deirdre Wait
Imagen portada: Cantiga 100, viñeta 4. Manuscrito T.I.1 de la Real Biblioteca del Monasterio de El Escorial, fol. 145r. RB. Patrimonio Nacional.

Encircle Publications
PO Box 187
Farmington, ME 04938, EE.UU.

info@encirclepub.com
http://encirclepub.com

Contents

✤

Ilustraciones

Introducción

El libro favorito de un rey sabio

En un espacio reducido que puede haber sido un almacén junto a un patio en un edificio histórico en Córdoba, España, un grupo de unos veinte estudiantes universitarios de Estados Unidos nos apiñamos codo con codo en pupitres. Estoy sentada en medio de un leve caos. La profesora de la historia de la música, Pilar García Entrecanales, introduce un casete en un enorme equipo de música que ocupa la pared al fondo y pulsa PLAY.

¿Nos suena la canción?

Por supuesto. Es "America" de West Side Story, la oda puertorriqueña al contradictorio territorio de sueños que nos resulta familiar a todos.

Esta clase es de Música Española. ¿Por qué escuchamos un musical norteamericano?

La profesora García da palmadas al ritmo: 1 2, 1-2-3; 1 2,

1-2-3. Nos pide que marquemos el ritmo también, y después de varios intentos, la clase da palmas al unísono. Entonces ralentizamos el tiempo.

—Ahora voy a mostraros cómo este es un ritmo español —dice la profesora—. Vais a escuchar de dónde proviene este ritmo.

Empiezan a sonar instrumentos de arco por los altavoces, con rasgueos que perdurarán en mi mente para siempre, aunque no era consciente de ello en aquel momento. Incluso sin el sutil latido de un tambor, sin duda, esta canción también sigue el ritmo 1 2, 1-2-3. Un barítono cuyo nombre puede que nunca llegue a conocer empieza a cantar en galaicoportugués medieval, lo que ninguno de nosotros entendemos, y cambia mi vida para siempre:

Como poden per sas culpas | os omes seer contreitos
assi poden pela Virgen | depois seer sãos feitos

Era la Cantiga 166, creada en la corte del rey Alfonso X de Castilla y León en el siglo XIII.

La voz del rey recorrió más de siete siglos aquel día para encontrarme. He pasado casi cada día desde entonces respondiendo a aquella llamada.

Alfonso X (1221-1284) pasó a la Historia como el Sabio porque le encantaba aprender. Atrajo a grupos de estudiosos e intelectuales cristianos, musulmanes y judíos procedentes de todas partes a su corte para registrar los avances científicos más recientes para futuras generaciones. Los libros que se conservan de este taller único incluyen tratados de astronomía, astrología, propiedades de los minerales, historia, sabiduría, derecho y, porque los más sabios necesitan descansar la mente de vez en cuando, pasatiempos tales como juegos de mesa y ajedrez y poesía humorística. Estos textos han influido en las obras de grandes escritores a lo largo de la historia. Sus tratados de astronomía inspiraron y sirvieron como formación a Copérnico, y sus obras jurídicas influyeron en decisiones hasta el siglo XX en lugares tan lejanos como el suroeste americano.

La extraordinaria producción literaria de Alfonso fue parte de su proyecto político de unificar su reino, que por entonces consistía en reinos y regiones vagamente asociados, bajo los valores del buen juicio, el buen hacer y la lealtad. No podía limitarse a estudiar solo las cosas que despertaban su interés, sino que se veía obligado como monarca a regular todos los aspectos de la vida mediante la escritura. Este afán por recopilar llega a su cumbre en su obra maestra, las *Cantigas de Santa María*.

La práctica de recopilar y escribir los milagros de la Virgen María alcanzó su punto álgido en el siglo XIII, con importantes documentos procedentes de gran parte de los países de Europa Occidental. ¿Qué hace de las *Cantigas de Santa María* una colección única? En pocas palabras, es la colección más grande y mejor.

Las *Cantigas* han llegado a nosotros en cuatro lujosos manuscritos reales procedentes del taller alfonsí, con notaciones musicales y miles de ilustraciones. Todos los manuscritos siguen un patrón de dos columnas con letra gótica francesa sobre vitela y con letras mayúsculas miniadas alternando los colores azul y rojo.

- **To.** El primer manuscrito, con signatura 10069 en la Biblioteca Nacional de Madrid, es el más sencillo de todos los códices, y contiene la menor cantidad de material. Parece que representa la primera fase del proyecto de las *Cantigas*, e incluye 129 canciones, pan de oro y notaciones musicales. No tiene ilustraciones, pero su calidad es inferior solo en comparación con el resto de los códices cantigueros. Sus medidas impresionantes de 315 por 217 mm realzan su valor e importancia.

- **E.** El manuscrito con el mayor número de cantigas se encuentra en la biblioteca del Real Monasterio de El Escorial con la signatura I.b.2. También es conocido como el códice de los músicos porque cada cantiga número diez está encabezada por una ilustración, del ancho de una columna, que muestra a uno o dos músicos (hombres o mujeres) tocando diversos instrumentos musicales. Sus 361 hojas miden 404 por 274 mm y contienen los prólogos y 406 cantigas con pan de oro y notaciones musicales.

- **Códice rico.** Por su planificación, diseño gráfico y ejecución de máximo lujo, el manuscrito T.I.1 de El Escorial es conocido como el códice rico. Con la medida de 486 por 332 mm, es el mayor de los manuscritos y contiene los prólogos y 195 cantigas que se corresponden casi exactamente con la primera mitad de E. Parece que tuvo planeado un total de 203, pero varias hojas al final se han perdido. El pan de oro y las notaciones musicales se acompañan con 1270 viñetas que forman historias para ilustrar cada canción, muchas de las cuales son pequeñas obras maestras del arte gótico. Las describiré brevemente más adelante.

- **F.** El libro que fue creado para ser un segundo tomo del códice rico se encuentra en la Biblioteca Nacional Central de Florencia, Italia (signatura Banco Rari 20). Es probable que en un principio tuviera la misma medida que el primer tomo, pero alguien cuyos motivos desconocemos lo recortó hasta 456 por 320 mm. F está incompleto, con 104 canciones, muchas de las cuales son fragmentarias, de las supuestas 200, en orden distinto a E. Las ilustraciones presentan varias etapas de producción del taller, con algunas páginas que solo contienen los marcos para las viñetas (véase ilustración 11), algunas con viñetas completas (véanse ilustraciones 1 y 9), y todos los pasos en medio. Los pentagramas se trazaron, pero se quedaron vacíos, sin anotación musical (véase ilustración 10).

Las historias en las *Cantigas de Santa María* tienen que ver con la vida privada de la gente, además de los más insospechados aspectos de su vida exterior, e incluyen personas de clases sociales muy distintas, desde España al resto de Europa, el Norte de África y Oriente Medio. Algunas de estas canciones son obras maestras de la lírica, otras son narraciones de buena calidad, y otras cuantas elevan el humor a nuevos niveles. Cada una de las numerosas ilustraciones ofrece visiones destacadas. Las *Cantigas* constituyen la colección más extensa de notación de música medieval jamás recopilada, con más de cuatrocientas canciones, y contienen un ejemplo de cada estilo musical occidental de su época. Ninguna otra colección ha sido reunida durante tan largo tiempo. Se cree que el proyecto inicial de las *Cantigas* comenzó aproximadamente cuando Alfonso X subió al trono en 1252, y solo fue abandonado a raíz de su muerte en 1284.

Dado que los milagros fueron recopilados durante décadas, la colección muestra una evolución un tanto particular. El primer centenar de cantigas se centra en volver a contar historias de la tradición cristiana en general. Por ejemplo, en las notas al final de este libro, se verá que las historias de las *Cantigas* 42 y 67 habían sido ya escritas en varias ocasiones. El objetivo final del proyecto de las *Cantigas* pudo haber sido de quinientas canciones. La numerología ocupa un lugar especial en muchos textos alfonsíes y el número de la Virgen María era el cinco. Su número incrementado cien veces habría satisfecho al matemático celestial más obsesivo. Para satisfacer tan fuerte demanda de más historias, los poetas tendrían que buscar entre acontecimientos más recientes y cercanos, porque a medida que van incrementando los números, cada vez ocurren más milagros en España durante la vida de los poetas. A partir de la Cantiga 300 en particular, muchos de los poetas aseguran haber "escuchado" la historia. Estas cantigas fueron las primeras y a veces las únicas ocasiones en que se han escrito para la Historia estos sucesos locales.

No todas las canciones relatan milagros. Imitando un rosario, cada décima cantiga es una canción de alabanza a la Virgen María. Aunque estos loores son algunos de los poemas más bellos, carecen de argumento, y por lo tanto, ninguno de ellos aparece en este libro.

Algunas ilustraciones de los manuscritos de los códices E, F y del códice rico son decorativas, mientras que la mayoría representa las tramas de las canciones en un formato que podríamos reconocer hoy en día como un cómic, con seis viñetas en cada hoja que describen acciones y reacciones en un entorno contextualizado, con leyendas para asegurar que el significado de las imágenes no se pierda. Todas las imágenes transmiten información cultural abundante acerca de las costumbres, técnicas y moda de la época. Algunas han servido como base para que los musicólogos de hoy puedan reconstruir instrumentos musicales, permitiéndoles reproducir los sonidos de la corte de Alfonso X. He observado las miniaturas que han llegado a nosotros correspondientes a las cantigas que salen en este libro y me han servido de inspiración para algunos de los detalles más interesantes de los relatos.

Contemplar cualquier de los manuscritos de las *Cantigas* todavía hoy en día es una experiencia multisensorial que claramente sugiere los emocionantes modos en que estas canciones podrían haberse representado en la corte (Keller, "Drama"). Al incluir todos los niveles de la sociedad en las letras e imágenes, e incluso al adaptar el estilo musical a la trama, las *Cantigas* muestran un cierto aire folclórico. Así podemos enterarnos de algunos de los pequeños detalles del día a día de un granjero en la Edad Media al mismo tiempo que ese granjero levanta la mirada hacia el cielo para pedir ayuda. Los personajes en estas historias participan activamente de un tipo de pensamiento mágico que permite no solo que los milagros ocurran, sino que se den por sentado.

El hilo principal de mi trabajo académico es que el mundo idealizado de las *Cantigas* constituye un retrato de la sociedad del siglo XIII como Alfonso X deseaba que fuera. Aunque se trata de un mundo lleno de peligros, las personas con fe en Santa María salen adelante, mientras que los no creyentes son castigados. Los argumentos inevitablemente finalizan con el binomio de la ley y el orden que complace el sentido medieval de paz y justicia. Aquí no hay finales tristes, aunque en ocasiones puede hacer falta una interpretación para entender qué tipo de felicidad se ofrece. El mundo seglar en esta colección está estructurado de forma rígida con Alfonso en la cima como rey. Otros muchos personajes, incluso animales, representan sus súbditos leales, y su trabajo duro, sus valores familiares y su piedad religiosa son recursos imprescindibles para plasmar el reino ideal de Alfonso X.

Con el propósito de incentivar la devoción a Santa María, la colección la retrata una y otra vez como capaz de cualquier cosa, más que cualquier otro santo. Los escépticos en esta colección son pocos, y siempre, al final, se demuestra que están equivocados. Un poeta de las *Cantigas* parece estar jugando con esta manera sencilla de mirar las cosas en el estribillo de la Cantiga 333: "Connosçudamente mostra | miragres Santa Maria" ("Es bien sabido que Santa María obra milagros"). Después de 332 canciones, la temática de la colección no es dudosa y creo leer aquí algo como «¡Basta ya, lo hemos captado!» En las historias que he seleccionado para esta antología, he añadido alguna matización y complejidad para el disfrute de los lectores modernos.

Alfonso estuvo implicado en este proyecto de manera profundamente personal. Frecuentemente aparece en los textos e ilustraciones. Joseph T. Snow señala una estructura suelta para la colección que se alcanza al dirigir la atención del lector de vez en cuando a la persona del rey, el "master architect-designer" (maestro diseñador y arquitecto) del proyecto, un concepto sin igual dentro del género literario de los milagros (Snow, "Self-Conscious References" 54, 65). Por ejemplo, en este libro, he escogido adaptar la Cantiga 321, en la que el rey Alfonso representa un papel crucial en la realización de un milagro para una de sus súbditas. Además, parece que compuso él mismo varias cantigas, las que están en primera persona, y en la Cantiga 209, pide que le pongan encima uno de los manuscritos para curar la enfermedad que padece (ilustración 1). Por supuesto

1. Cantiga 209. El rey Alfonso X pide que se coloque el libro de las *Cantigas de Santa María* encima de su cuerpo enfermo y se recupera milagrosamente. Manuscrito BR 20 de Florencia.

que funciona. El libro le devuelve la salud cuando los médicos de la corte habían perdido toda esperanza.

Mientras los trovadores profanos de los siglos XII y XIII dedicaban sus versos a mujeres nobles e inalcanzables, en las *Cantigas*, Alfonso explica que para él no hay mejor dama que Santa María:

> Y lo que quiero es alabar
> a la Virgen, Madre de nuestro Señor,
> Santa María, que es la mejor
> cosa que Él hizo; y por este motivo, yo
> quiero, desde hoy, ser su trovador
> (Prólogo B, vv. 15-19; mi traducción de la
>   edición de Mettmann)

Se encuentra este leitmotiv en numerosas cantigas y se representa gráficamente docenas de veces en viñetas en los que el rey ocupa el espacio que se esperaría reservado para la Iglesia como intermediaria entre Santa María y sus devotos en esta España ideal. En su testamento, Alfonso X dio instrucciones para que los manuscritos de las *Cantigas* se guardasen en la capilla en la que él fuese enterrado y que los cánticos se entonasen en los días de fiestas importantes. Este último deseo para las *Cantigas* consolida su papel como el exvoto personal del rey, junto con los agradecimientos por escrito por las mercedes que Santa María concedió a Alfonso. Sirvieron además como monumento físico a la devoción personal del rey a la Reina del Cielo (Montoya, "El Puerto"; Presilla, 137-149).

No es nada extraño que los entendidos en este tema recalquen que las *Cantigas de Santa María* era el libro favorito de Alfonso X el Sabio.

El 23 de noviembre de 2021 marcará ocho siglos desde nacimiento de Alfonso X. No puedo dejar que este momento histórico pase sin realizar un sentido reconocimiento. Esperaba participar en conferencias con expertos de la obra alfonsí y en exposiciones y conciertos sobre la figura del rey, pero tales conmemoraciones han sido aplazados debido a la pandemia del COVID-19. En estas circunstancias debemos evitar los eventos multitudinarios. Afortunadamente, la escritura creativa no necesita multitudes. No imagino mejor forma de honrar el nacimiento de Alfonso X y su legado que adaptar algunas historias de su libro favorito para que los lectores de hoy puedan disfrutar de ellas.

Con el propósito de mantener la estructura de rosario de las *Cantigas* originales, he escrito diez historias de milagros a partir de poemas de este libro de canciones extraordinario. Seleccioné las cantigas utilizando en gran medida los mismos criterios que los recopiladores originales: quería mostrar no solo las historias más interesantes, sino incluir además personajes de cada parte de España (y de parte del extranjero) y cada clase social, con sus costumbres, intereses y compañeros animales. El lector conocerá a un joven alemán contento de casarse con su amada, un terrateniente rico y caritativo que vive junto al Camino de Santiago, una pobre francesa ingeniosa, una joven madre casada con el alcaide de un castillo en la frontera con el Reino de Granada, un músico navarro experto en su oficio de alabar a Santa María, una novicia del sur de Francia, un ilustre ciudadano de Zamora, un guerrero castellano que no quiere volver a su hogar, una pobre viuda con su hija enferma en Córdoba, y una doncella francesa desconcertada por el trato que recibe por parte de su marido.

Hay, por supuesto, muchos más personajes y localizaciones

variados en las *Cantigas de Santa María*, y muchos temas que están muy presentes hoy en día, como la raza, la religión o la (in)tolerancia, podrían ser explorados en futuras adaptaciones de otras historias. Casi ochocientos años después, el libro favorito de Alfonso tiene mucho más que ofrecer.

Mi esposa gloriosa

Cantiga 42

Alemania, siglo XIII

—He encontrado este anillo que mi madre le dio a mi padre —dijo Elsslin cogiéndome de la mano. Estábamos junto a la puerta, y sentí cierto pudor ante el riesgo de que cualquier vecino pudiera vernos y empezara a comentar—. Te lo entrego ahora, Waltram, porque mi padre dice que podemos casarnos el próximo lunes.

El anillo se deslizó por mi dedo y encajó perfectamente. Elsslin me miró tan ilusionada que yo ansiaba tomarla entre mis brazos y besarla hasta que me rogara que parase. Pero en las sombras tras ella, vi que una silueta alargada se movía. Su padre, viudo, acechaba allí, siendo testigo de todo lo que decíamos y hacíamos.

—Es una magnífica noticia —dije.

Nos cogimos las manos, radiantes. Su padre salió de entre las sombras.

—Vamos, chico, no te apures, enséñame que al menos se lleva a mi hija un hombre de verdad.

Me salió una risa nerviosa y la abracé, cerrando los ojos para imaginar que allí solo estábamos ella y yo.

—Siempre te cuidaré, amor mío —le susurré al oído.

—Y yo a ti.

Su dulce voz me parecía música. Los aplausos a nuestro alrededor nos sacaron de nuestro ensueño. Parecía que el vecindario estaba tan emocionado como lo estábamos nosotros.

—Vale, dejad algo para el casamiento —dijo el padre de Elsslin.

Inmensamente feliz, me aparté de su lado y bajé la calle entre silbidos y golpecitos en la espalda. Cuando torcí en la siguiente esquina y me encontré solo para hacer el camino de vuelta a casa, me parecía que flotaba, mientras acariciaba la lisura del anillo de oro que envolvía el dedo desde el cual corría una vena directamente hacia mi corazón.

En casa, mis padres me abrazaron y nos desearon a Elsslin y a mí lo mejor.

—Esperábamos que esto ocurriera —dijo mi padre.

—No pensábamos que fuera tan pronto —añadió mi madre, retorciéndose las manos—. ¿Cómo vamos a preparar la fiesta a tiempo? ¿Crees que podremos avisar a tu tío de Nuremberg para que pueda venir? ¡No puedo creer que nos dejes tan pronto!

Mi padre rodeó los hombros de mi madre para aliviar su preocupación.

—He comprado una casa en la Calle de la Iglesia y he contratado a varios hombres que la están arreglando a ratos perdidos. ¿Por qué no vas mañana y miras si va a estar lista para ti y tu hermosa prometida el lunes?

Apenas pegué ojo aquella noche por la emoción. A la mañana

siguiente, caminaba ilusionado, tocando el anillo mientras deambulaba por la ciudad. Ya estaba a mitad de camino hacia la nueva casa cuando oí a alguien que me llamaba por mi nombre.

—¡Waltram! ¡Eh, Waltram! —cinco de mis amigos me saludaban con la mano mientras se aproximaban.

—Hemos oído que te vas a casar. Dios mío, ¿en qué estás pensando? —dijo Reinbolt abrazándome rápidamente.

—Pienso que quiero pasar mi vida junto a Elsslin. Es hermosa, por si no os habéis dado cuenta, y mi familia ha dado su consentimiento.

—Pfff —resoplaron casi todos. Seguramente yo les parecía demasiado serio.

—¡Qué desperdicio de juventud viril! —se lamentó Sigbald.

Pero yo solo sentía satisfacción por el giro que daba mi vida.

—¿Qué te parece si vamos a jugar a la pelota una última vez mientras aún estamos solteros? —Reinbolt intervino.

Sigbald tenía el bate y la pelota. Probablemente habrían ido a jugar un partido, me hubieran visto o no. La propuesta divertida de mis amigos me animó, y muy pronto estábamos en el patio de la iglesia. Era un lugar despejado en el que muchos ciudadanos paseaban a todas horas del día, y tenía el espacio perfecto para lanzar la pelota y correr para cogerla.

Sin embargo, no me había olvidado del anillo de Elsslin. Estaba tan pulido y liso y quedaba tan bien, que no quería que se me cayera o se arañase mientras jugaba con mis amigos. No tenía encima ni un monedero ni una bolsita y no imaginaba dónde pudiera meter el anillo. Y entonces la vi.

Estaban reformando el ábside de la iglesia, y debían haber movido la escultura para mantenerla a salvo de las obras. Había visto a la Reina Espiritual con el Niño en su regazo, en su nicho dentro de la iglesia muchas veces antes, y pensaba que era hermosa, iluminada solo con velas, colocada a media distancia entre la puerta y el rosetón.

Pero en la hornacina de debajo del alero, la luz del día arrojaba su máximo fulgor sobre el velo blanco y la corona de oro de Santa María, dejando un brillo en sus ojos, y resaltaba su media sonrisa divina. Su aureola azul con destellos rojos parecía girar sobre el eje de su cara como las estrellas en el cielo. Su capa roja y su túnica azul se extendían vaporosas sobre el trono pintado en oro. Tenía su Niño sobre un lado de su regazo, y con la otra mano sostenía el orbe de la tierra con el pulgar y el dedo índice. Los otros dedos estaban doblados hacia su palma, pero su dedo meñique se levantaba elegante como si estuviera asistiendo a un banquete.

Era el lugar perfecto para proteger el anillo de Elsslin. Miré hacia mis amigos, que tomaban sus posiciones, y de forma exagerada me arrodillé ante la estatua, llamando la atención de éstos.

—A partir de este día, la otra mujer a la que he amado no significa nada para mí —dije para que me oyeran todos. Quería que supieran que, aunque iba a casarme, todavía tenía sentido del humor—. Quiero proclamar ante Dios que mis ojos nunca han visto tanta belleza. Por eso, de ahora en adelante, seré uno de vuestros siervos. Os ofrezco este hermoso anillo como garantía de mi promesa.

Deslicé el anillo por el dedo meñique de la imagen, donde parecía cómicamente grande y fuera de lugar. La risa de mis amigos me animó, así que puse mis manos en falsa oración y dije:

—Ave María.

Ya llevaba bastante tiempo arrodillado, así que me puse en pie y me sacudí la suciedad y la hierba de la túnica. Mis amigos gritaron algo y vinieron corriendo hacia donde me encontraba.

—¿Qué? —pregunté.

Con sus manos, Reinbolt me hizo volver la cara hacia el dedo meñique de Santa María. No estaba ya levantado. Se había doblado hacia la palma como los otros, dejando atrapado el anillo.

—¡Santa María, protegedme! —grité, uniéndome a la locura de mis amigos.

Agarré el dedo para ver si podía abrirlo y recuperar el anillo de Elsslin, pero estaba fundido en la mano con gruesas capas de pintura, como si nunca hubiera estado abierto. La media sonrisa de la estatua parecía ahora astutamente altiva.

Miré a mis amigos pidiéndoles ayuda, pero habían salido corriendo dejándome solo. En su lugar, había una pareja de ancianos cogidos del brazo que observaba mis manipulaciones con el ceño fruncido.

—¡Ayudadme! ¿Qué puedo hacer? —les pregunté—. ¡Necesito recuperar mi anillo!

—¿Le ofreciste ese anillo a la Reina del Cielo? Parece que lo ha aceptado, hijo —dijo el hombre.

La mujer tomó mi mano y me dio unas palmaditas. La suya estaba llena de anillos, al contrario que la mía.

—Ahora perteneces a Santa María. Debes ingresar en el monasterio cisterciense.

—Inmediatamente —añadió el marido.

—¿Hacerme monje? —me lamenté. Nunca se me había pasado por la cabeza tal cosa—. Pero voy a casarme el lunes.

—Despídete si quieres, pero está claro que no hay otra opción —dijo la mujer soltándome.

Fui corriendo desde el patio de la iglesia sin detenerme hasta la casa de Elsslin. Me abracé fuertemente a ella y mientras sollozaba sobre su hombro, le dije:

—Lo siento mucho, mi amor. Tengo que ingresar como monje.

—¿Qué dices? Te has vuelto loco —dijo apartándome.

—Ha sido la pareja de ancianos en el patio de la iglesia. Me han dicho que tengo que ingresar en la orden cisterciense.

—Eso no tiene sentido. ¿Has perdido el juicio? Vas a casarte conmigo el lunes —dijo. Puso mi mano entre las suyas y me miró a los ojos, haciéndome respirar más pausadamente—. Lo prometimos.

—Sí, así es —dije. Tomé aire y lo expulsé, y el terrible recuerdo empezó a desvanecerse.

—¿Dónde tienes tu anillo? —me preguntó Elsslin.

Miré mi dedo desnudo, ahora sin certeza de saber qué había pasado.

—Lo dejé en casa para mantenerlo a salvo. Sé lo importante que es.

—De acuerdo. Simplemente acuérdate de llevar los dos anillos a la ceremonia.

—¿Estás segura? Quizá debería ir al monasterio.

—Tonterías. No lo vuelvas a pensar. ¿Te cuento los preparativos que estamos haciendo para el banquete de boda?

—Sí, lo siento —dije con un suspiro que dejó salir el resto de mi confusión—. Iba de camino para revisar la casa que mi padre ha comprado para nosotros. ¿Quieres acompañarme?

Su padre dio su consentimiento, y mientras hacíamos el resto del camino cogidos del brazo, ella me hablaba de los preparativos con los cocineros y panaderos, y cómo bordaba su vestido con la ayuda de sus amigas y sus madres. Me sentía perfectamente tranquilo tras aceptar su decisión.

El lunes asistimos a misa en la capilla donde la estatua de Nuestra

Señora normalmente se encontraba. Nadie de la boda pasaría al patio donde la imagen aguardaba mientras durase la reforma, y tampoco yo me atrevía a comprobar si el anillo estaba aún en su dedo o no.

Mientras Elsslin y su familia se ocupaban de otros preparativos, yo buscaba por toda la ciudad una alianza como la que había perdido. Al final, mi padre me dejó una de sus monedas de oro, y la llevé a un orfebre al que di instrucciones precisas. Aquella espera, probándome el anillo hasta que finalmente quedó como el que me regaló Elsslin, fue con mucho la más larga de mi vida.

Después de las oraciones salí a esperar junto a la puerta de la iglesia, intentando convencerme de que estaba nervioso por ver a mi prometida, por la fiesta y también por la noche de bodas. Pasaba los anillos de una mano a otra como si el orfebre acabase de moldearlos y aún abrasaran.

Todos mis familiares – mi madre, mi padre, mis tías, mi tío de Nuremberg, mis abuelos, mis primos – vinieron a esperar conmigo. Entre la multitud, mis amigos de jugar a la pelota me saludaron.

—¡Eh, Waltram, creía que te habías casado con una estatua! —gritó Sigbald.

Contuve la respiración por un momento, pero parecía que nadie más lo había oído. Estaba a salvo.

Elsslin llegó a la plaza rodeada por todos sus parientes, que cantaban. Llevaba un vestido azul y un manto rojo, ambos bordados en oro. No estoy seguro de cuántas hebras de oro rodeaban su cuello. Sobre su cabeza llevaba una diadema dorada que se asemejaba a una corona. El sol hacía resplandecer los adornos, aunque Elsslin no necesitaba nada para brillar.

Me fijé en su sonrisa y en sus ojos resplandecientes, dije lo que tenía que decir, nos colocamos los anillos, granos de trigo llovieron sobre nosotros entre grandes aplausos y poco después desfilamos por las calles. En las afueras de la ciudad estaban preparadas las mesas del banquete cubiertas con manteles de un azul brillante, platos trincheros, copas, soperas, y lo que parecía cientos de pintas llenas de cerveza, con odres de vino colocados junto a las mesas.

Como Elsslin y su familia habían organizado todo tan bien, me dediqué a disfrutar de los buenos deseos de las dos familias, de la música de juglares y de las canciones un tanto menos musicales de nuestros amigos, del baile, de la abundante comida y de gran cantidad de bebida.

Había anochecido mucho antes de que Elsslin y yo volviéramos tropezando a nuestra casa y aceptásemos los últimos regalos y abrazos de nuestros padres. Cuando estuvimos al fin solos, nos desnudamos y nos fuimos a la cama. Debería haber sido la primera vez que veía a Elsslin así, pero la luz era demasiado tenue. Ella vacilaba con su mano en mi pecho.

—¿Quieres descansar…?

Me dormí antes de que terminara la pregunta.

Pero no hubo descanso. Mis extremidades estaban sobrecargadas, incluso en el sueño. Era como si yo estuviera corriendo, alejándome de algo que nunca se cansaba, nunca desfallecía. Y, de pronto, Santa María estaba ante mí.

La reconocí porque vestía exactamente igual que la estatua del patio de la iglesia, de rojo y azul, con una corona de oro, y una aureola azul y roja que me aturdía con los destellos que irradiaba alrededor de su cabeza. Sus ojos eran como brasas ardientes, y en absoluto sonreía cuando desató su viva voz sobre mí:

—¡Ay, mi mentiroso falso! ¿Por qué me abandonaste y tomaste

esposa? Has olvidado que me diste el anillo.

Alzó la mano y el anillo brillaba en su dedo meñique. Le quedaba como si se hubiera fundido para siempre, formando parte de su esplendor.

—Debes abandonar a tu mujer y venir conmigo al lugar que yo te ordene. Si no lo haces, sufrirás angustia mortal hasta el fin de tus días.

Grité y me desperté. Estaba empapado de sudor y tenía el cuello tan dolorido como si llevara cargando a la espalda toda la cerveza y todo el vino que había bebido. Apenas sabía lo que era el sufrimiento, y ahora ¿tenía que sufrir angustia mortal hasta el día de mi muerte?

Aún era de noche, pero la luz de la luna entraba por la ventana que habíamos dejado abierta, entonces contemplé a Elsslin dormida junto a mí. No parecía que yo hubiese gritado de verdad, pues ella descansaba en calma. Aparté el cabello de sus ojos y sentí su calidez. No podía abandonarla. Era mi esposa. Ninguna estatua airada, fruto de un sueño, podría obligarme a dejar de amarla.

Dejé mi mano sobre su hombro y me dormí.

La Virgen Gloriosa estaba entre nosotros, encima de las sábanas. No podía ver ya a mi esposa terrenal. Los ojos de Santa María arrojaban luz más fría que la de la luna, y cogía la mano que yo había dejado sobre Elsslin.

—¡Eres malvado, falso y desleal! ¿Me oyes? ¿Por qué me dejaste sin sentir siquiera vergüenza?

Su voz resonaba con todo el poder de los cielos. No me dejaba espacio para pensar, mucho menos para responder. Me retorció la mano dolorosamente.

En mi mente imaginaba mi vida con Elsslin, una vida llena de sacrificio, de hambre, de dolor. Figuras diabólicas negras y rojas inundaban cada uno de mis movimientos, y cuando Elsslin daba a luz, su vida se derramaba en un torrente de sangre. Los demonios se llevaban su alma y el alma de nuestro hijo. Cuando intentaba detenerlos mis manos ardían, y no fui capaz de hacer nada sino llorar.

Grité sin sonido, y la escena se reveló en un espacio diferente. No vivía con Elsslin, sino con la cercana comunidad cisterciense. Los monjes se ayudaban los unos a los otros y en ninguno de ellos vi hambre ni frío, y eran capaces de curarse de algunas enfermedades gracias a las plantas que cultivaban en su huerto. No había rastro de demonios, tan solo luz del sol y fraternidad. Santa María nos acompañaba durante las misas que celebrábamos en su honor. Miré mis manos y estaban fuertes debido a una vida de trabajo. No tenían cicatrices por haber sido abrasadas por demonios, y tampoco había señal de que los dedos alguna vez hubieran llevado un anillo.

La Madre Santísima se arrodilló ante mí y besó mis manos desnudas. De pronto, un anillo apareció en mi dedo, y Elsslin se retorcía a mis pies, su brillante piel torturada por las llamas del purgatorio. De un brazo llevaba a nuestro hijo, que sufría igualmente en el fuego a pesar de su inocencia. Elsslin dirigía su brazo hacia mí, suplicándome que la levantase y la librara de sus miserias. Estaba clara la decisión que debía tomar.

Mi mente regresó a nuestro dormitorio, y sentí la mirada helada de la Virgen Gloriosa juzgándome de nuevo.

—Si deseas mi amor, te levantarás ahora mismo de esta cama y me acompañarás antes de que salga el sol. ¡Date prisa, vístete y sal de esta casa! ¡Sal!

Esta vez ni siquiera grité. El temor me empujó a separar las sábanas y buscar mi ropa. Me puse los pantalones bajo la luz de la luna, dejé mi anillo falso en el alféizar, y me calcé las botas sin atreverme a mirar a Elsslin ni decirle nada. Tenía la esperanza de que comprendiera que de esta forma estaba salvándonos a ambos de tormentos insoportables.

Me puse la túnica al cruzar la puerta sin saber hacia dónde iba. Mi único pensamiento era seguir las órdenes de la Reina Espiritual tan pronto como me fuera posible. Me di prisa en cruzar las calles vacías mientras mis vecinos dormían en sus casas, ajenos a la necesidad de alejarme que solo yo sentía. Dejé atrás las mesas con los restos del banquete de nuestra boda, aún por limpiar – copas vacías, odres desinflados, altas pilas de platos hondos con huesos.

Durante más de un mes erré por el bosque, pensando solamente en la Virgen Gloriosa, lo que me libraba de sentir hambre o frío. Atrapé algunos peces, rebusqué arbustos y hojas para comer, evité caminos, y dormí bajo ramas para que ningún oso o gato montés me encontrara.

Cuando mis ropas colgaban de mi cuerpo como una bandera pende de un poste, encontré una ermita al otro lado del bosque. Los cuatro monjes me miraron y me hicieron entrar inmediatamente para cuidarme. Tras tomar un poco de gachas y cerveza y recuperar algo de fuerza, les dije que quería servir a Santa María durante el resto de mi vida.

Y así he hecho, mediante trabajo y oración. Cuando llegue mi hora, no dudo que la Madre Gloriosa volverá a por mí, y esta vez me llevará con ella al paraíso.

✠

El anfitrión incauto

Cantiga 67

Carrión de los Condes, siglo XIII

Esta tarde la posada estaba casi acabada. Los yeseros habían terminado su trabajo, y doce bastidores de camas se marchitaban en mi granero. No me atrevía a guardarlos dentro porque aún no había encontrado a nadie que hiciera y colocara la puerta de la posada. Dos albañiles estaban armando la chimenea, y yo los observaba desde el hueco vacío del portal, preguntándome si debía hacer un viaje a la ciudad para comprar ollas y ver si alguien sabía dónde encontrar buenos carpinteros para que colocasen la puerta. Pago bien, al fin y al cabo.

Pero quizá ya todo el mundo tenía noticia de lo exigente que soy. Solo espero que el trabajo realmente valga lo que yo pago. No podemos tener la puerta del albergue podrida o cayéndose de sus bisagras antes de un año. Quiero que este lugar dé la bienvenida a los peregrinos que vengan durante mucho tiempo.

Entré en la posada para decir a los albañiles a dónde me iba, pero antes de que dijera nada, alguien carraspeó detrás de mí.

Qué raro. No había notado que hubiera nadie cerca.

Me di la vuelta y vi a un joven de rostro agradable. Su túnica de terciopelo rojo, aunque sencilla, dejaba claro su buena posición. El charol de sus zapatos de punta estaba impecablemente limpio allí, en mitad del suelo revuelto de las obras.

—¿Sois vos don Filadelfo? —dijo con voz cristalina que resonó en la habitación vacía tras de mí.

—Lo soy. ¿Y vos sois...?

—Mi nombre es Cresconio.

Hizo una reverencia, extendiendo su túnica hasta la altura del zurrón que llevaba a la cintura. Sus movimientos fluían con la gracia de un potentado oriental y quedé fascinado; sin embargo, tuve presencia de ánimo para estrechar su mano de forma fraternal cuando se reincorporó.

—¿Eres el buen cristiano del que hablan en varias millas a la redonda —continuó—, el que dona a la Iglesia todo lo que gana porque adora la caridad ante todo?

—No sé qué dicen de mí —dije, riéndome ante tal adulación—, pero es cierto que me encanta hacer buenas obras. ¿Habéis venido para ser mi empleado? Siempre me viene bien una ayuda con tantos proyectos, pero tendré que poneros a prueba antes.

—¿Qué deseáis, señor? Hacedme una petición.

—En este momento estaba pensando ir a la ciudad a buscar a alguien que me haga la puerta principal de mi posada para poder amueblarla, luego he de contratar a un posadero y a un cocinero.

Cresconio estudió el marco de la puerta detrás de mí.

—Id a la ciudad, señor, pero no os preocupéis por encontrar un trabajador. Me encargaré de la puerta en vuestra ausencia.

Consideré que no había nada que pudiera robar en la posada, y los obreros, padre e hijo, no permitirían que este extraño dañase el edificio en el que ellos estaban trabajando casi con tanta devoción como yo. Les hice saber que iba a la ciudad, y que ellos debían dejar que Cresconio hiciera lo que fuere.

Tomé una jarra de vino y tuve una sustanciosa conversación con el tabernero acerca de los avances de la posada. No mencioné la repentina aparición de Cresconio, pero averigüé que no había nadie capaz de construir una buena puerta y colocarla en condiciones de aquí a León. Dudo si llegué a pasar una hora en la ciudad.

Cuando regresé, no esperaba encontrar a Cresconio en la posada. Creí que habría ido a por materiales, o incluso que habría abandonado la tarea por difícil. No le habría culpado por ello. Pero allí estaba, ante la posada, asintiendo con la cabeza fríamente ante los obreros y un par de niños a su lado, mirando boquiabiertos mientras señalaban la puerta. No al vacío hueco del portal, sino a una puerta magnífica. Parecía hecha de fuerte roble y estaba perfectamente encajada en sus bisagras doradas. Unos motivos florales en sus cuatro esquinas parecía que hubieran tardado meses en tallarse.

—¿Cómo ha aparecido esto? —pregunté a los obreros.

—No lo sé —dijo el padre santiguándose—. De pronto no había luz atravesando el hueco de la puerta, así que apartamos la vista de nuestro trabajo y miramos. La puerta simplemente estaba ahí. Mi hijo trató de abrirla, y pudo apreciar su solidez de tal manera que se dio cuenta de que la puerta no era ninguna ilusión. Salimos y aquí estaba este tipo, con los brazos cruzados, satisfecho, y sin decirnos palabra.

Miré a Cresconio, que clavó la rodilla en el suelo ante mí.

—Mi señor, aceptadme como sirviente, y con alegría serviré

a los pobres, porque veo que vos hacéis obras dignas. Incluso donaré mi servicio a vos.

Observé sus nobles rasgos y su extraordinaria puerta.

—Sois muy generoso. Si no os pago un salario, podré proveer más carne, pescado y pan para esta posada.

—Don Filadelfo, ¿ni siquiera vais a preguntarle dónde consiguió la puerta? —el albañil preguntó.

—Procedo de una familia de carpinteros —me dijo Cresconio.

Pensé que podía encontrarme ante el mismísimo San José o ante alguien enviado por él.

—Me parece que entendéis bien mi misión de caridad y que obráis de buena fe. Os tomaré como mi escudero personal.

El buen hombre me siguió hasta mi casa, y le preparé una cama en la habitación contigua a la mía. Estoy emocionado por poder llevar las camas y los utensilios de cocina a la posada mañana. ¡Está muy bien que la gente vaya de peregrinación en primavera!

Un detalle acerca de la puerta me preocupa. Debería llevar AVE MARÍA grabado en la parte exterior, a la altura de los ojos. Veré si es posible hacerlo.

En Carrión, al veinticinco de marzo.
En el nombre de la Virgen Gloriosa,
Reina Misericordiosa. Amén.

La posada lleva funcionando una semana, y se va corriendo la voz entre los peregrinos de que hay un lugar cómodo donde alojarse. Los viajeros se llevan las manos a la cabeza, llenos de asombro, cuando se enteran de que no tienen que pagar. Si no me encuentro allí, mi posadero les habla sobre mi devoción a Santa María y les cuenta que quiero estar seguro de que los peregrinos llegan a salvo a su santuario. Pronto estaremos completos a diario, con muy buen tiempo primaveral. Pronto florecerán los rosales que hemos plantado a la entrada del jardín. Todos verán las flores de la Reina Gloriosa, después leerán el AVE MARÍA que logré que uno de los aprendices de carpintero grabara en la puerta, y sabrán que se encuentran en el lugar correcto.

Esta mañana, Cresconio vino a verme como de costumbre, mientras yo desayunaba. Permaneció atento junto a la mesa, sin mirar siquiera la comida.

—La posada tiene un gran éxito, señor. Cualquiera entendería que os tomaseis un descanso. ¿No creéis que habéis trabajado lo suficiente, al menos por un día?

—Siempre se puede ser más caritativo y más generoso. Ahora que la posada está terminada, estoy pensando en reformar la nave de la iglesia. Es bastante robusta, pero un poco anticuada.

—Esos planes llevarán meses, señor. No deberíais tener prisa por empezar —dijo dando unos cuantos pasos junto a la mesa para mirarme de frente permaneciendo de pie. Sus ojos azules proyectaban una calma helada—. Es el momento idóneo para ir a la montaña. Conozco un lugar en el que hay una caza magnífica. Podríamos regresar con gran cantidad de pieles de zorro. O conejos y faisanes para la posada.

¡Carne para la posada! Dejé el pan que casi me había terminado.

—No voy a la montaña desde hace casi un año —dije, poniéndome en pie—. Os anticipáis a mis necesidades. Marcharemos ahora mismo.

—Magnífico, señor. Prepararé los caballos, y os llevaré personalmente al mejor lugar que he visitado en los últimos años.

El sendero para subir la montaña era escarpado y tortuoso. Ciertamente, yo nunca antes había estado por allí. Pero Cresconio no dudaba, nunca necesitaba mirar atrás para ver si yo seguía su paso firme. Yo confiaba en que nos conducía hacia un buen día de caza.

Nos detuvimos en un claro rodeado por un bosque de pinos sobre el valle. Los pajarillos cruzaban el cielo soleado por los últimos matices del invierno. Cresconio se bajó del caballo.

—Los conejos se esconden en estos arbustos, señor. Los asustaré para vos.

Encontró una gran rama en el suelo y la sacudió en la maleza haciendo mucho ruido. Saqué mi lanza de su funda, pensando que podría clavársela a una liebre cuando saliera. Pero no había conejos en ese claro. El ruido atrajo a algo mucho más grande. Una enorme figura marrón salió de entre el follaje, clavando sus garras en el blando suelo, moviendo nerviosamente sus orejas y jadeando. Un oso.

No soy tonto. Me quedé quieto, el corazón martilleando en mis oídos, con una mano sobre el cuello de mi caballo para calmarle, aguantando la respiración. La otra mano, sudorosa, asía la madera pulida de la lanza. La piel peluda del oso colgaba de su esqueleto. Acababa de salir de su hibernación. Hambriento. Pero mi caballo y yo éramos más grandes que él, y un oso en tal condición de debilidad no se atrevería con tan gran presa.

Lentamente volví mi cabeza hacia Cresconio para asegurarme de que permanecía allí tan quieto como yo, pero su caballo estaba solo, dando vueltas, buscando un camino entre la gruesa maleza. Cresconio no estaba.

El oso gruñó, dando un paso hacia el caballo abandonado. De pronto su movimiento cambió. Parecía crecer con nueva energía, y corrió hacia mí como si estuviera poseído.

—¡Santa María, protegedme! —grité.

El oso se puso en pie, sus garras y colmillos como dagas a la misma altura que el hocico de mi caballo. El noble bruto se encabritó.

Como si fuera guiado por una mano celestial, me incliné

desde el caballo, y la punta de mi lanza atravesó la tripa del oso. Mi caballo pateó al oso, haciendo que cayera hacia atrás, llevándose mi lanza con él.

El oso habría muerto inmediatamente, pero seguí montado, mirándolo, esperando comprender qué había pasado.

Un movimiento captó mi atención y comprobé que, aunque su caballo se había marchado hacía rato del claro, Cresconio se encontraba en el punto exacto en el que estaba antes de que apareciera el oso.

—¿A dónde os fuisteis? —grité—. ¡Se supone que me ibais a guiar de forma segura por estas montañas!

—He estado aquí todo el tiempo, señor —dijo con calmada frialdad—. ¿No me visteis agitar esta rama? Intenté alejar al oso de vos.

De pronto, en mi memoria, le recordé exactamente como él dijo, detrás del oso, agitando sus brazos y gritando. Sacudí la cabeza. A pesar de todo eso, el oso había elegido atacarnos a mí y a mi caballo, aunque nosotros estábamos quietos y en silencio.

—Verdaderamente Santa María me cuida —dije santiguándome. Besé mi medalla y contemplé las nubes blancas que había en el cielo sobre nosotros.

—Sí —dijo Cresconio. Soltó la rama y aplaudió—. Señor, conseguiréis un premio mucho mayor que el que os anticipé para la posada. Voy a buscar mi caballo, y encontraremos un modo de repartir el peso en su silla.

Se agachó sobre la hierba y yo desmonté, inestable, y miré al oso de cerca. El animal parecía mucho más pequeño de lo que me figuré cuando atacó, y dado su estado invernal, dudaba que hubiera mucha carne sobre sus huesos.

Al final ocurrió lo que Cresconio había dicho. Llevamos el cadáver a la posada, y los cocineros lo despedazaron y asaron en una hoguera. Los peregrinos alojados tocaron sus instrumentos y bailaron; y algunos habitantes de la ciudad se unieron a la fiesta. Al anochecer, nos cogimos de las manos y cantamos «Ave Maris Stella» alrededor de las ascuas que se extinguían. Regresé a casa solo. Miré en la habitación de Cresconio, y ya estaba durmiendo profundamente con la ropa puesta, sin manta. Supuse que sus esfuerzos le habían agotado, y decidí que no le regañaría por haberse ido a la cama sin haberse despedido.

En Carrión, al veintiuno de abril.

En el nombre de la Virgen Gloriosa,

Reina Misericordiosa. Amén.

No me quejo de Cresconio, sobre todo porque trabaja sin salario. Casi todo lo que me dice es: «¿Qué deseáis, señor? Hacedme una petición». Su trabajo es ejemplar, normalmente tan milagroso como la puerta en su primer día.

Ayer vinieron muchas familias nobles de la región para cenar y se quedaron hasta bien entrada la noche. Al final, el único sirviente que permanecía despierto era Cresconio. Había dado la bienvenida a los invitados con especial esmero por la tarde y nunca cesó de atender sus deseos con la misma diligencia con la que atiende los míos. Habría sido lógico que se fuera a dormir como los demás, pero permaneció a mi lado, más leal que un perro.

Cientos de velas de cera de abeja iluminaban el gran salón a lo largo de la mesa, en las esquinas sobre altos candelabros, cubriendo las contraventanas, para que mis huéspedes no tropezaran en la oscuridad. Cuando llegó la hora en que los invitados se retiraban a las estancias que habíamos preparado para ellos en los edificios exteriores, las velas casi se habían apagado. Pero como yo no quería que hubiera un accidente, pedí a Cresconio que las apagase todas.

Estaba convencido de que tardaría una hora o más en la tarea, aunque pretendía volver al salón para ayudarle después de desear buenas noches a los huéspedes. Las formalidades no ocupaban mucho tiempo, porque todos estaban cansados. Eché el cerrojo de la puerta de la estancia principal y me volví, casi atropellando a Cresconio.

—¿Qué ocurre? —pregunté. Me sorprendió verlo junto a mí.

—He terminado, señor. ¿Qué más deseáis?

Tan pronto como pude, sin soplar la vela que llevaba, regresé al gran salón. Estaba oscuro. No había forma de distinguir el contorno de la habitación en la profunda oscuridad. Me quedé sin habla.

—¿Cómo lo habéis hecho tan rápido? —dije por fin.

—Cualquier carga resulta ligera si es en vuestro servicio, señor.

Recordé cómo trató de salvarme del oso, y di las gracias a Santa María. Tan solo espero poder servirla a ella tan bien como Cresconio me sirve a mí.

Sin embargo, durante la Semana Santa, se marchó sin decirme a dónde iba y regresó la tarde del Lunes de Pascua. Supuse que estaría con su familia durante esas celebraciones importantes, pero él, siendo tan educado en todo lo demás… ¿Por qué no dijo nada antes de marcharse?

Aunque siempre está aseado, no se lava como los demás en la vivienda. Hoy me enteré de dónde podría estar bañándose, afortunadamente lejos de nosotros.

Me ayudaba a transportar un carro de odres a la posada. Bajaba los odres del carro de dos en dos y los dejaba delante de la puerta principal. Yo los llevaba desde allí hasta la cocina ayudado por los cocineros que a su vez los almacenaban en su despensa. Terminé y encontré a Cresconio desocupado junto al carro vacío, rascándose la cabeza.

Cuando me oyó, se volvió y secamente me ofreció su habitual
«¿Qué deseáis, señor?»

Tuve la intención de decirle que subiera al carro, que yo
montaría el caballo, y volveríamos juntos a casa. Pero un
enorme piojo blanco se deslizó entre su pelo, rodeó su oreja, y
se escondió de nuevo en ese cabello que me había parecido tan
bien cuidado. Me quedé sin habla a causa del asombro.

—Lamento que lo hayáis visto, señor. He estado probando
un remedio al problema bañándome en el río en vez de en los
baños, pero la cura tarda en llegar.

—¿Habéis ido a ver a un galeno o a alguna curandera para
que te den unas cataplasmas o tisanas?

—Mi galeno me dijo que me bañase en el río.

—Bueno, seguramente la mejor cura es orar a Santa María.
Ninguna enfermedad está por encima del poder de la Reina
Gloriosa —dije mirando el AVE MARÍA de la puerta.

Si él respondió, no lo oí. Cuando volví a mirarle, había saltado
al carro con su habitual anticipación a mis deseos. Dado que se
desvivía en cada tarea que le encomendaba, no tuve la menor
duda de que se recuperaría de esa falta de higiene rápidamente.

En Carrión, al veinticinco de abril.
En el nombre de la Virgen Gloriosa,
Reina Misericordiosa. Amén.

No he vuelto a ver desde entonces ninguna cosa deslizándose
sobre Cresconio. No sé cómo solucionó su problema, y solo
espero no tener que volver a pensar en ello.

Escribo hoy sobre algo que por poco no resultó una desgracia
tremenda. Cresconio vino a verme cuando me encontraba
desayunando y me preguntó qué deseaba. El buen tiempo y el
poco trabajo en la posada dieron lugar a una nueva respuesta:

—¿Sabéis pescar, Cresconio?

Sus ojos se ensombrecieron por un momento.

—No, señor. No he tenido el privilegio de que alguien me enseñe a pescar. ¿Deseáis que vayamos a pescar?

—Sí. Vendréis conmigo y, ayudándome, aprenderéis todo lo que necesitáis saber.

Permaneció en silencio, quizás temeroso de que no podría ayudarme con tareas que nunca había realizado antes. Cuando llegamos a la orilla del río y descubrió mi bote amarrado a su poste, su rostro se iluminó.

—¿Me dejaríais remar, señor?

—¿Sabéis remar? Estaría muy bien, Cresconio.

Si él se encargaba de desplazarnos por el río, yo podría centrarme en las redes y lograr una mejor captura. Eché las redes al bote y me subí. Oí a Cresconio coger la cuerda y desatar el bote detrás de mí, pero no comprobé si en realidad sabía cómo hacerlo. De pronto, sentí un fuerte empujón. El bote se tambaleó hacia delante como si hubiera sido lanzado. Perdí el equilibrio y casi caigo al agua.

Miré hacia atrás y vi a Cresconio en la orilla, con la cuerda en la mano, observando el bote con expresión helada.

La corriente del río se hacía más rápida, y la barca navegaba cada vez más lejos de mi empleado. No podría haberme alcanzado si lo hubiera intentado. Pensé que la corriente me arrastraría hasta el mar o que mi bote se estrellaría contra las rocas.

Pasé junto a un arbusto espinoso e intenté alcanzarlo con una de las redes y detener el inevitable avance mortal del bote. Pero la red se escapó de mis manos como si nunca hubiera sujetado una antes y cubrió el arbusto como el velo a una monja.

—Santa María, Reina del Cielo, ¡protegedme! —grité.

El río se apaciguó. La corriente discurría irregular, haciendo remolinos. Uno tras otro, esos torbellinos empujaron el bote hasta una pequeña ensenada. La barca atracó suavemente en el banco de lodo y salté a una zona de hierba como si siempre hubiera sido esa mi intención. Estreché la red junto a mi corazón y me arrodillé, dando gracias a mi salvadora con un entrecortado «Gaude Virgo».

Cresconio no se aproximó hasta que hube terminado de cantar.

—Estáis bien después de todo, señor —dijo.

—Sin vuestra ayuda —dije—. ¿Por qué empujasteis el bote de ese modo? ¿Por qué no subisteis conmigo?

—Lo intenté, señor, pero el bote se me escapó. No estoy acostumbrado a estas cosas y estuve torpe.

Tan pronto como lo dijo, era como si lo hubiera presenciado yo mismo. Claramente, él era más inepto que lo que había dado a entender.

—Bueno, supongo que no os llevaré a más excursiones de pesca hasta que alguien os haya enseñado cómo subirse a un bote.

Llegamos sin pesca a casa, pero pudimos rescatar la red que había arrojado sobre el arbusto espinoso. Pensé que estaría llena de rasgaduras y enganchones, pero descubrí que estaba tan entera como el día que fue hecha.

En Carrión, al cinco de mayo.
En el nombre de la Virgen Gloriosa,
Reina Misericordiosa. Amén.

El verano ha pasado llevándose su calidez y luminosidad, y por la gracia de la Virgen Santísima, todos en mi casa nos encontrábamos bien. Visité las obras de la iglesia en varias ocasiones. Una vez, mientras observaba la colocación de los nuevos cimientos desde arriba, estuve a punto de caer por una escalera cuando alguien chocó con ella. Afortunadamente, había una imagen de la Madre de Dios junto a la escalera, y ella la sujetó para que no me cayera.

Habíamos estado preparando durante meses la visita del obispo Simón. El santo obispo de nuestra diócesis y sus allegados compartirían el pan conmigo y los míos y después se celebraría una misa por el día de San Gregorio. Cresconio había estado tan servicial como siempre, constantemente preguntándome qué deseaba. Pero ayer por la mañana, sentí como si hubiera perdido mi brazo derecho, pues no encontramos a Cresconio por ningún lado.

Supervisé yo mismo la limpieza, incluyendo sacudir los tapices, el arreglo del mobiliario, la cocina, poner la mesa, la iluminación y todo cuando en realidad me habría convenido la rapidez y perfección de Cresconio. No tenía ni tiempo de pensar en lo que estaba haciendo; casi no sabía cómo me llamaba cuando llegó el obispo. Afortunadamente, otro sirviente se dio cuenta de que el sudor había traspasado mi túnica y me trajo otra.

Me puse la túnica limpia y estaba ajustándome el cinturón cuando una doncella llamó a la puerta de mi habitación.

—¡Está aquí! ¡Venid a recibir al obispo Simón!

Me apresuré y fui a la zona de recepción en la puerta principal, esperando ver una comitiva de sirvientes suficientemente extensa como para llenar mi mesa dos veces, gente a caballo, estandartes coloridos, e incluso una litera para trasladar al obispo. Aún no habíamos coincidido, pero todo lo que había escuchado sobre su poder y nobleza hacía suponer que yo iba a ser honrado con la llegada de un príncipe de la Iglesia.

Pero no había escudero, sirviente, litera, pendón, ni siquiera un caballo que ver. El obispo llegó a pie con un simple bastón para caminar. Su manto era del color del manto de María, azul claro, y caía con una sutileza que era muestra de su noble calidad, aunque careciera de adornos.

—¿Quién viene? —preguntó la doncella que esperaba a mi lado—. Parece un mercader de la ciudad.

—Es el obispo —contesté, sin creerlo apenas. Pero nadie podía llevar la mitra triangular blanca, tan sencilla como era, excepto el obispo.

—Don Filadelfo —dijo, dándome un abrazo—, desde hace tiempo quería conoceros. La fama de vuestra caridad se extiende por toda la comarca.

Me sentí conmovido al recibir la admiración de alguien tan inesperadamente humilde.

—Me honráis en demasía, Vuestra Excelencia —dije, indicándole el interior.

—Tonterías. En la catedral me han hablado sobre vuestra posada para peregrinos, de lo bien que comen y duermen en ella, y que no tienen que pagar nada. Y dicen que también habéis empezado a trabajar en ampliar la parroquia.

—Está dedicada a Santa María. No podía permitir que tuviera una nave tan pequeña como casa de la Reina del Cielo.

Llegamos al gran salón, y el obispo Simón sonreía y estrechaba la mano a cada sirviente que lo deseaba. Había decenas de sillas vacías debido a la multitud de asistentes que yo había anticipado, pero el obispo eligió sentarse a mi lado.

Me sentía tan honrado de cenar con este santo hombre que no me di cuenta de cuánto tardaba en servirse el primer plato. El obispo no se quejó por ello. Continuaba conversando amablemente. Pero cuando advertí que el ángulo de la puesta de sol por la ventana cambió entre el primer y el segundo plato, no podía entender tal retraso. No estábamos sentadas a la mesa ni la mitad de las personas que habíamos esperado. Cresconio nunca habría permitido que tal cosa sucediera.

Cuando por fin llegó el segundo plato, pregunté al sirviente:

—¿Dónde está Cresconio? No lo he visto en todo el día.

—Le buscamos esta mañana, señor, y le encontramos en su cama. Dice que no se encuentra bien, y se ha quedado allí todo el día —me respondió mientras servía cuidadosamente con el cucharón el caldo del obispo en su cuenco.

—Precisamente hoy —dije—. Qué extraño.

El sirviente se inclinó para servir a los otros invitados. Me pregunté si el problema de las liendres de Cresconio había vuelto y le avergonzaba presentarse ante el obispo.

—¿Quién está en cama? —preguntó el obispo Simón—. Quizá debería visitarle.

—Echo de menos a Cresconio ahora, Vuestra Excelencia, porque los demás sirvientes realizan un trabajo excelente, pero solamente Cresconio podría servirnos con la rapidez y elegancia que esperaba poder mostraros.

—¿Ese Cresconio es tan especial?

—Me podría permitir decir que es milagroso. Colocó la puerta de la posada cuando nadie más osó intentarlo, y lo hizo tan rápidamente que nadie lo vio. Apagó cientos de velas repartidas en este gran salón en un instante, intentó salvarme del ataque de un oso, y de navegar a la deriva en la corriente del río, y si me hubiera caído de la escalera en la iglesia, dice que me habría cogido.

El obispo dejó caer su cuchara. Me miró con el ceño fruncido.

—¿Y cuánto tiempo lleva trabajando ese Cresconio para vos?

—Desde finales de marzo. Apareció cuando yo más le necesitaba, y realizó el milagro de la puerta, como he contado a Vuestra Excelencia. Lo acogí al momento, y él apenas se ha movido de mi lado.

El obispo levantó la mano y el sirviente regresó.

—Trae al tal Cresconio ante mí —le dijo—. Deseo hablar con él.

—Sí, Vuestra Excelencia —dijo el sirviente y volvió rápidamente a la cocina.

—Es un sirviente ejemplar —le aseguré al Obispo Simón.

—Estoy convencido de que lo es.

Esperamos. El obispo no volvió a coger la cuchara. Una doncella trajo una vela encendida al gran salón y la utilizó para iluminarlo, de modo que no fuéramos sorprendidos por la oscuridad.

Cuando finalmente apareció Cresconio, forcejeaba con los dos sirvientes que le obligaban a caminar, sujetando sus brazos.

—Ha puesto resistencia, Vuestra Excelencia —dijo un sirviente.

—No podíamos convencerle para que viniera —dijo el otro.

Cresconio no parecía enfermo, aunque su rostro estaba pálido. Estaba atento ante el obispo como si no pudiera estar en ningún otro sitio y agachó la cabeza. No me saludó, mucho menos me preguntó qué deseaba.

—Don Filadelfo —dijo el obispo Simón, santiguándose—, Dios os ama, no hay duda. Si me escucháis un momento, mostraré cómo habéis evitado ser arrastrado por el Demonio y su alevosía.

Algunos invitados se quedaron sin respiración. Una dama chilló.

—¿El Demonio? —grité yo.

Toda la luz de la habitación brillaba sobre el obispo. Se puso en pie, con las manos sobre la mesa, y de pronto se elevó sobre Cresconio y el resto de nosotros.

—Dime qué has hecho aquí, para que esta hermandad pueda conocer tus fechorías. Te lo ordeno por el poder de Jesucristo, que es Dios en la Trinidad, que no te guardes nada.

Cresconio apretó sus labios, tratando por todos los medios de no hablar. Se alejó de la mesa, agachándose, pero fue empujado de nuevo hacia nosotros por una mano celestial. Finalmente, abrió la boca.

—Soy un demonio enviado por Lucifer para matar a este hombre sin que se confiese y arrastrar su alma al Infierno. Me introduje en el cuerpo de un apuesto caballero muerto tras una batalla.

Su túnica se levantó por sí sola, dejando al descubierto una herida abierta que le atravesaba de lado a lado sobre el estómago. A la luz de la vela se podía percibir una supuración viscosa, y para evitar verla, le miré al rostro y descubrí que, aunque oíamos sus palabras, su boca no se movía. Su voz provenía de algún lugar profundo del cuerpo y resonaba a través de las cavidades vacías.

—Me gané la confianza de este hombre siendo competente en el trabajo. Después envié un enorme oso hambriento para matarlo. Empujé su bote con la esperanza de que se estrellase sobre las rocas por la corriente del río que yo aceleré. Le empujé para tirarle de una escalera. Insistí en mi misión de obtener su alma porque la codicia y crueldad de Lucifer no conoce límites. Pero cada día este hombre reza a la Madre de Jesús, y la llama cuando se encuentra en peligro. Cuando dice sus oraciones, no puedo hacerle daño.

Las finas ropas se hundieron sin un cuerpo en el que posarse. Una forma negra, mucho más oscura que cualquier sombra terrenal, salió de la boca flotando hacia algunos de mis invitados. Ellos se agacharon, y la forma desapareció por la ventana abierta. El apuesto cuerpo del hombre que había conocido como Cresconio se desplomó en el suelo con un ruido sordo.

Temblando miré al Obispo Simón. Juntos trajimos una vela para inspeccionar el cadáver. La piel parecía seca, con manchas amarillas y marrones, el rostro estaba hundido y el cráneo bajo un cuero cabelludo sin pelo. Si alguien gritó, no lo oí.

—Lo que ha ocurrido no es culpa de este hombre —dijo el obispo—. Él dio su vida en la batalla y debemos honrarle con una vigilia.

El obispo Simón fue el único que osó tocar el cadáver para cubrirlo con un velo. A la mañana siguiente, ayudé a cavar la tumba y el obispo Simón concedió al caballero, cuyo nombre nunca conocimos, todas sus bendiciones. Cuando se marchó, me ofreció una bendición especial, aunque coincidimos en que ya disfruto de la protección de Santa María.

> En Carrión, al cuatro de septiembre.
> ¡Alabado sea el nombre de
> la Virgen Gloriosa,
> Reina Misericordiosa! Con su poder,
> siempre defiende a los suyos
> del Demonio y su maldad. Amén.

La oveja y el lobo

Cantiga 147

Rocamador, Francia, siglo XIII

Allí estaba yo, sin un alma en el mundo que me protegiera excepto la Reina Gloriosa arriba, sobre su trono en el Cielo. Nunca pude cazar un marido, pero al menos cuidé de mis padres aquí al pie de la montaña y me legaron el hogar familiar cuando pasaron a mejor vida. Lo único que había deseado siempre, desde que era una muchacha, cuando veía a los pastores agrupando sus rebaños subiendo y bajando los montes, era una ovejita para mí que me proporcionara lana suave que pudiera hilar para convertirla en tejido. Nunca supe cómo hacer para conseguirlo mientras mis padres aún vivían.

Encontrándome sola con unas cuantas gallinas en el corral, se me ocurrió visitar el santuario de Santa María en la cima de la montaña. El ascenso me despejaba la cabeza, y un día, al arrodillarme ante la imagen de Nuestra Señora, me vino una idea que, sin darme cuenta, creció en mi mente. Se lo agradecí lo mejor que pude, encendí una vela y después me apresuré camino abajo llamando a todas las puertas de mi calle.

Saqué a todos mis vecinos de sus tareas, algunos de ellos protestaron mucho, y los reuní en la ermita del pastor, que era mucho más accesible que el santuario de María. Allí, en el porche, me levanté ante ellos, y parecía que me inspiró el Espíritu Santo, pues me prestaron atención como nunca antes.

—Amigos —dije— todos vivimos en la misma calle, y todos tenemos al menos una gallina. Todos pagamos nuestros impuestos y comemos más o menos cada día, pero sobra muy poco al final del año como para colocar un tejado nuevo, o para aquellos afortunados que tenéis hijos, calzar sus pequeños pies.

Detrás de los adultos, los niños de nuestra calle se perseguían unos a otros rodeando a una pobre mujer a la que se le había encargado la tarea de vigilarlos mientras durase la reunión. La mayoría de ellos tenían calzado decente en sus pies, pero mi público asentía y confirmaban estar de acuerdo.

—Algunos días nuestras gallinas ponen huevos, y otros días no. Pero hoy he pensado que no tenemos que depender de sus caprichos para subsistir. Si juntamos todos nuestros gallos y gallinas y formamos un gran gallinero, podemos lograr una considerable cantidad de huevos para cada uno. Si tenemos buenos gallos, enseguida obtendremos suficientes para venderlos y sacar beneficio.

Suspiros y susurros. No podían imaginarlo aún.

—Albert y Matilde tienen el corral más extenso —dije, señalando a la pareja cuyos hijos habían marchado a otras calles y ciudades tiempo atrás—. Podríamos meter todos los gallos y gallinas que tenemos ahora, multiplicarlos y tendríamos todavía espacio de sobra.

—Teníamos cabras —dijo Matilde.

El murmullo creció. Tuve la sensación de que pensaban que podría funcionar.

—Podemos convertir la valla en un gallinero nosotros mismos. Podemos hacer turnos para darles de comer. Y Jacques puede atar uno de sus perros a cada lado del gallinero para mantener alejados los gatos.

—Solo por la noche —dijo Jacques—. Puedo necesitarlos durante el día.

—¿Qué ocurre si aparece un lobo? —Simón gritó desde el fondo.

—Mis perros pueden echar a cualquier lobo, cualquier día —dijo Jacques, exactamente como yo esperaba.

—¿O un jabalí? —dijo Julien.

—Un jabalí chocaría con un montón de cosas en nuestra calle antes de llegar al gallinero, y armaría tanto jaleo que le oiríamos y podríamos ayudar —dije—. Por tanto, ¿hay acuerdo?

—Pero ¿quién decide cuántos huevos coge cada uno? —dijo Rafael cruzando los brazos, escéptico—. ¿Y quién alimenta a los pollos y cuándo? Y si vendemos gallinas o gallos, ¿quién se queda con el dinero? Tiene que quedar todo muy claro.

Miré los rostros de mis vecinos, tratando de averiguar quién era más imparcial. Me imaginaba que yo misma haría el recuento de esta empresa. Era mi proyecto, después de todo, me fue otorgado por la mismísima Santa María. Pero sería mejor asignar esa responsabilidad a alguien que no tuviera nada que ver conmigo.

—Pierre lleva tres años ayudando a los recaudadores de impuestos cuando vienen —dijo Thérèse, leyendo mi pensamiento. Dio unas palmadas en el hombro de éste—. Y el hecho de que no se haya ofrecido voluntario prueba que es honrado.

Aplaudí la nominación.

—¿Quién está de acuerdo en establecer la cooperativa del gallinero bajo estas condiciones: en el terreno de Albert y Matilde, con los perros de Jacques, y Pierre llevando las cuentas? Alzad las manos.

Muchas manos se alzaron. Algunos las siguieron murmurando «¿Por qué no?». Los últimos fueron convencidos con un «Vamos, intentémoslo».

—Si vemos que no funciona, podemos dejarlo en cualquier momento —dije con la mano alzada en juramento—. Que Santa María bendiga nuestra iniciativa.

Nunca fue necesario desmantelar nuestro gallinero comunitario porque funcionó desde el principio. Yo ayudé a Albert y a algunos otros a levantar la valla al día siguiente, y el domingo después de la misa en la iglesia de Nuestra Señora, llevamos nuestros gallos y gallinas en brazos o en sacos, o dejamos que los niños corrieran alrededor y los agruparan en una extraña procesión hacia el nuevo hogar de las aves.

Soltamos los gallos en la calle y recuperamos cinco de los menos violentos, apartando de seis a ocho gallinas para cada uno de ellos. Con su naturaleza más apacible, imaginé que esas gallinas serían suficientes para mantenerlos ocupados sin que se pelearan. A lo largo de varias semanas, vendí los gallos que sobraron en calles vecinas dando a los propietarios el noventa por ciento de su valor.

Muy pronto el gallinero empezó a producir más huevos de los que podíamos consumir. Decidí qué gallinas o gallos y cuántos huevos deberíamos apartar para vender después. Siempre que iba al mercado, vendía todo lo que ofertaba. El dinero fluía hacia nosotros como un arroyo en primavera, creciendo lentamente hasta convertirse en río. El éxito convenció a mis vecinos de que confiasen en mí, y empezamos a celebrar en la calle nuestros propios banquetes durante las festividades de los santos. Otros días solía venir alguien a mi casa a charlar; normalmente traía verduras, pescado o dulces.

Planté tantas semillas de trigo como pude en la zona donde habían estado mis gallinas, y en un par de años no tuve que pagar por mi pan de cada día.

Como no tengo hijos a los que vestir y, alabada sea Santa María, mi casa estaba tan bien como el día que mi padre colocó su última piedra, esperaba hasta que mis amigos se marchaban y escondía mi dinero en el banco junto a la mesa, con la intención de ahorrar lo suficiente para llegado el día comprarme mi ovejita. Cuando la feria del ganado vino a Rocamador, yo ya llevaba años preparada.

Caminé a la feria sola, como mujer dueña de su humilde hogar. Conocía bien el camino, pues había hecho el trayecto cada año para hacerme una idea de cómo funcionaba. Probablemente parecía mucho más pobre de lo que en realidad era, con mi ropa remendada y las suelas gastadas de mis zapatos. Mi riqueza estaba escondida bajo mi sobrefalda, el bolso pesaba, aunque había cambiado las monedas pequeñas por otras de más valor para facilitar su transporte. Resoplaba entre los campos hasta que llegué al mercado y su bullicio. Sentí su olor mucho antes de llegar.

Ganado de todos colores berreaba tras las rejas, las cabras se pateaban y embestían unas a otras en jaulas, y los cerdos chillaban cuando los descargaban de los carros y los llevaban a los puestos. Pero no me detuve hasta que llegué a las ovejas. Algunas aún llevaban sus cencerros, y la mayoría balaba tristemente. En medio de ese caos me sentí contenta, como en casa. Cuando palpé el bolsito y noté el peso frío de las monedas, me sentí más libre que nunca. Paseé mostrando desinterés mientras inspeccionaba desde lejos a cada animal en su jaula. No me atreví a acercarme a los mercaderes, ni que me miraran por si acaso me dejaba llevar y mostraba mi entusiasmo.

Ninguno de los animales que veía me gustaba. Sus caras largas y patas negras eran de las que había visto toda la vida, pero no sentí emoción ni deseo de sacar mis monedas para llevarme a ninguno de ellos.

Hasta que llegué al redil de un mercader que jamás había visto. Parecía haber recorrido un largo camino, con su sombrero de ala ancha y sus extraños zapatos curvos. Parecían cómodos, pero me fijé en que sus ovejas eran diferentes, al igual que él. Su pelaje corto era de un color gris más claro, y caminaban por el redil con elegancia, sin golpearse ni subirse unas encima de las otras como en el resto de rediles. Incluso sus balidos tenían un tono más delicado, menos estridente. Una ovejita no hacía nada de ruido y, antes de que me diera cuenta, mis manos estaban sobre la valla, mientras intentaba echar un vistazo desde más cerca. A duras penas me contuve de saltar la valla.

El mercader se puso justo a mi lado.

—Si te parecen diferentes, es porque son las mejores ovejas que has visto nunca —dijo. Su acento era distinto también—. Las he traído yo mismo todo el camino desde España.

—Donde quiera que esté no está cerca —dije, tratando de parecer escéptica—. Las habréis dejado agotadas con un viaje tan largo.

—Oh, no —dijo el vendedor—. Son ovejas viajeras. Recorren grandes distancias cada año por toda España. Esto está solo un poco más lejos que lo habitual. Mira su aspecto. No verás un rebaño más fuerte en toda esta feria.

No pude negarme. Intenté no mirarle.

—Estoy interesada en comprar una sola oveja.

—¿Solamente una? —dijo como si nadie nunca hubiera pedido ese número.

—Esa en concreto —dije señalando—. La que está en el centro, la tranquilita.

—Acaba de cumplir un año. Esa es toda la lana que ha producido, pero el año que viene podrás conseguir la suficiente para varios vestidos —dijo mirándome a los ojos, adivinando lo que yo quería—. Y podrás obtener mucho por su lana. Nadie en tu pueblo tendrá nada parecido.

—¿Puedo acariciarla? —pregunté, acercándome a ella. Vio mi mano y se me acercó por entre las patas de sus compañeras, moviendo la cola. El mercader dijo algo, pero apenas me importaba porque, tan cerca, los ojos de la oveja me invitaban a rascarle las orejitas. Después mi mano se dirigió al vello ondulado de su lomo. El vendedor tenía razón. El pelo era corto aún, pero fuerte, y mis dedos lo peinaban como si fuera nata recién batida, la lana era la más lisa, la más suave que jamás había tocado. Ella reaccionó retorciéndose tratando de alcanzar y lamer mi otra mano.

Me reía. Era incapaz de resistir la imagen de esquilarla y tejer con su lana túnicas y capas para vender. Sería un gran placer.

—¿Cuánto?

—Quince sous —dijo el vendedor.

Tragué saliva. Ese precio me dejaría con unas cuantas monedas y tendría que dárselas a un pastor, pues yo no podía cuidar a una oveja. Mi banco estaría vacío hasta que pudiera empezar de nuevo a ganar con los huevos.

—Podría hacerte un descuento si compras más.

Su oferta no tenía sentido para mí.

—¿Qué te parece, pequeñita? —pregunté a la oveja—. ¿La Reina del Cielo te ha enviado a mí?

Pataleó y pestañeó como si dijera que sí, aunque no utilizara su voz.

—Serás mi ruina —murmuré, mientras mi mano buscaba en el bolsito entre mis faldas. Con la mano temblorosa, saqué todas las monedas que llevaba conmigo—. Quince sous.

El mercader me las quitó, y suspiré, pero no estaba segura si era un suspiro de alivio o de angustia. Se guardó los ahorros de mi vida en un cofre en la parte trasera de su carro, luego saltó al redil y levantó a mi ovejita por encima de la valla, directamente a mis brazos.

—Te veré el año que viene cuando quieras hacer crecer tu rebaño —dijo.

Bajé al suelo a mi oveja, pues yo no era mucho mayor que ella, y sin el peso de las monedas creí que me iba a desmayar.

—Acabo de darte todo mi dinero. No tengo más para hacer crecer nada.

—Oh, tendrás en el tiempo del esquileo —me contestó con un guiño.

—Lo que tú digas —susurré, aunque estaba segura de haber tomado la decisión correcta. Mi ovejita me siguió muy de cerca durante todo el camino a casa, sus pezuñas marcaban un ritmo alegre para mis oídos. Yo iba tarareando cuando entré en casa y esperé en la puerta hasta que mi ovejita decidió reunirse conmigo.

Parecía tan preciosa entre la mesa y la chimenea, mirando todo con curiosidad, poniendo su boca en el borde de la mesa y empujando el banco. Entonces baló por primera vez. Fue sutil, alto y dulce, como cuando el coro canta con voces de ángeles durante las ofrendas a María. Y no podía asegurarlo, pero sonaba parecido a «Mamá».

El esfuerzo de mi vida entera, todos mis ahorros, el hecho

de no ser madre, ¿me habían convertido en la madre de una ovejita? Me gustaba la idea. Me agaché para besar su frente y le rasqué las orejas durante un buen rato. Dudé si debía abrir el banco y sacar los miserables restos de mis ahorros que tenía gracias a cuatro años de ideas, negocios y trabajo duro, para pagar al pastor.

Pero no: aunque era tan dulce, no podía dormir conmigo en la cama ni quedarse en casa cuando me marchara a vender al mercado. Necesitaba estar con un rebaño y comer en los campos. Así que llené mi bolsito de nuevo y abrí la puerta para confiar mi ovejita al pastor, que vivía a las afueras de la ciudad.

—Aquí está mi querida ovejita, y aquí están las monedas que te prometí —dije cuando asomó la cabeza por la puerta entreabierta.

Agarró las monedas y las contó. Me habría gustado volver a casa con mi oveja, pero no tenía elección.

—¿Le harás una marca con pintura o le pondrás un cencerro de tal modo que sepas siempre que es la mía?

—Fijo —gruñó el pastor.

—¿Y tus perros la protegerán todo el tiempo e impedirán que un lobo se acerque? —dije arrodillándome para acariciarla. Ella besó la palma de mi mano.

—Sí.

Cogió de la oreja a mi ovejita y la llevó hacia el granero. Ella no protestó, pero intentó girarse para mirarme.

—¿Y te asegurarás de que las demás ovejas la acepten? —insistí—. Es un poco diferente.

—Dalo por hecho.

—Volveré en la época del esquileo.

No se molestó ya en contestarme. Había desaparecido dentro del granero con mi ovejita. Permanecí allí unos minutos, pero no volvió a salir y supuse que no había nada más que hacer. Regresé a casa sin peso en mi monedero y sin el traqueteo de sus pasos a mi lado.

Durante aquellos largos meses, en mi hogar vacío me preguntaba una y otra vez si realmente había merecido la pena trabajar tan duro tanto tiempo. Intentaba ocuparme aumentando los turnos para alimentar a los pollos, retirando piedras de mi jardín para agrandar el espacio y cultivar más trigo, regateando todo lo posible cuando iba a vender al mercado cada semana. También ayudé a Thérèse a cortar telas y coser, por lo que me dio un porcentaje de sus ganancias. Pero cuando ya había zurcido toda mi ropa y barrido la casa tan a fondo que ni un ratón podría vivir en ella, se me aparecían los profundos ojos marrones de mi ovejita. Me la imaginaba en los campos, corriendo, jugando y comiendo hasta saciarse, lejos de mí. En esas ocasiones, la única cura era subir a la montaña y arrodillarme ante la Virgen Gloriosa. Su rostro sereno y su delgada mano ennegrecida, alzada en señal de bendición, calmó muchas veces mi corazón y protegió mi alma de la desesperación.

No pude ahorrar mucho dinero, pues a causa de las fuertes lluvias de otoño tuve que reparar el tejado y comprar más pollos para una mayor participación en el negocio de las aves de corral. Necesitaba el dinero que podría obtener de la lana de mi oveja para afrontar el siguiente mes antes de mis beneficios de primavera y verano. Si podía ganar lo suficiente, además de tener una oveja y lana de calidad para vender, me daría por satisfecha.

Estaba tan impaciente por volver a ver a mi querida ovejita que habría cruzado a pie bancos de nieve tan altos como árboles sin una sola queja. Pero resultó una de esas mañanas casi primaverales, luminosa pero fría. El olor de los nuevos brotes que pronto serían flores me acompañaba durante el camino desde la ciudad hasta la casa del pastor. Al volver la esquina, la calle se abría hacia los montes donde mi oveja habría pasado el verano. El sol se levantaba sobre la cima y sus rayos inundaban de bendiciones el paisaje.

Con una sonrisa de oreja a oreja, llamé a la puerta del pastor. Tras lo que me pareció una eternidad, abrió en ropa interior, frotándose los ojos.

—¿Qué?

Mi sonrisa hacía tiempo que se había marchado.

—Es temporada de esquileo. He venido a por mi oveja española.

—¿Era esa pequeña que apenas hacía ruido?

—La que te traje hace casi un año.

—¿Lana de un gris muy claro, suave al tacto?

Me tengo por una persona paciente, pero aquel pastor estaba a punto de terminar con mi paciencia.

—Esa es. ¿Dónde está?

—Se la comió el lobo.

—¿Cómo? ¿Qué lobo? No puede ser que haya venido el lobo. ¡Te dije que mantuvieras a mi oveja a salvo de los lobos!

—Ese hijo de puta feroz asesinó uno de mis perros y medio rebaño, y tu ovejita fue una de las primeras en morir.

Se suponía que ese día sería uno de los más felices de mi vida, lleno de alegría y no de llantos, pero allí estaba yo, muy desgraciada, llorando a gritos.

—¿Por qué no me lo contaste en el momento?

—Tengo un rebaño enorme del que cuidar. Fue tan solo una oveja entre cientos.

—Pero es mi única oveja —murmuré. Mi único deseo, mi único amor en el que deposité toda mi esperanza. No podía ser cierto, Santa María no permitiría que mi oveja terminase así, no después de años de trabajo y esfuerzo, no después de seguir sus instrucciones para organizar el gallinero. Me limpié las lágrimas—. Mientes.

Sentía mi piel ardiendo por todo el cuerpo hasta mi cuero cabelludo. Me di la vuelta y me marché de casa del pastor ciega de ira y me dirigí como una tormenta hacia su granero. A mitad de camino, caí de rodillas y elevé mis manos al cielo.

—Oh, Virgen Gloriosa, dadme mi oveja. Está en vuestras manos.

Estaba decidida a quedarme allí, con mis brazos doloridos, guijarros y piedras clavándose en mis rodillas a través de mis faldas, esperando a que Santa María desmintiese las palabras del pastor o enviara a mi ovejita trotando de vuelta solita.

No tuve que esperar mucho.

Desde el granero, escuché a mi ovejita que me llamaba, ligera y dulce, como el sonido de la flauta de un juglar. Decía «Mamá», de nuevo, o quizás decía algo más parecido a «Aquí estoy».

Me levanté tan rápido como pude, sin quejarme, me sacudí la falda y sin hacer caso al pastor, cuya mirada de culpabilidad sentí sobre mí como un fuerte aliento. Abrí la puerta del granero. Había mucho ruido de animales que no querían separarse del calor de su refugio invernal. No los había oído a ninguno desde fuera. Mi oveja estaba al fondo, llamándome por encima del estruendo.

Junté mis manos en señal de gracias a la Reina Gloriosa y rodeé a los animales hasta recorrer con mis dedos la lana fantástica y abundante de mi querida ovejita. La mentira del pastor no pudo haber sido más ruin. No solo no había sido devorada por un lobo, sino que sus ojos y pelo brillaban como reflejos nocturnos en el río. No podía cogerla en brazos porque casi había duplicado su tamaño, pero juntas esquivamos a los animales, cerrando la puerta del granero tras nosotras.

El pastor nos miraba. Pensé pedirle que me devolviera las monedas que le había dado, pero estaba demasiado llena de gratitud a Nuestra Señora de Rocamador. Después de todo, mi ovejita estaba conmigo en magníficas condiciones, así que dejé que el pastor se sintiera culpable por intentar arrebatarme el trabajo de mi vida.

—Parece que ya estamos juntas después de todo, pequeña —dije, escuchando el trote detrás de mí. Mi mente corría: ¿Dónde podía vivir mi ovejita? ¿Qué comería? ¿Con cuál de mis inútiles navajas estropeadas podría esquilarla? Quería evitar hacerle daño porque era adorable, y porque sentía que en parte pertenecía a Santa María. No convendría nada dañar algo que pertenecía a la Reina del Cielo.

Al sentir los cálidos rayos de sol sobre mi espalda, pensé que quizás las tijeras que Thérèse utilizaba para cortar ropa podrían servir. En vez de ir a casa, fui directamente a casa de mi amiga. Mi ovejita me dio un empujón en las piernas que casi me hizo caer.

—Sí, es emocionante, ¿verdad? Voy a quitarte esa lana tan pesada que llevas y estarás fresquita para correr por el campo, en algún sitio…

Thérèse salió a la puerta mientras mi rostro se ensombrecía de inquietud. ¿Dónde podría vivir mi ovejita? No podía volver con aquel pastor criminal. Cada cosa a su tiempo.

—Buenos días, Thérèse. Esta criatura es mi orgullo y mi alegría, mi pequeña oveja. ¿Podrías prestarme tus tijeras para esquilarla?

Mi amiga volvió a meterse en casa y salió con las tijeras y una sábana doblada.

—Puedes hacerlo aquí y meter la lana en esta tela. Pero ¿por qué no la esquila el pastor y te da la lana?

—Ese taimado hijo de Satanás intentó esconder a mi oveja mientras afirmaba que un lobo la había devorado. Pero yo sabía que estaba mintiendo, así que pedí a Santa María que me revelara dónde se encontraba mi oveja y esta me llamó desde el lugar donde él la había escondido. Mi ovejita casi nunca hace ruido, pero me ayudó a encontrarla. ¡Así que salí de allí corriendo tan rápido como pude!

—Lo que has dicho parece un milagro —dijo Thérèse.

—Sí, verdaderamente lo fue.

—Déjame ayudarte.

Sujeté la carita de mi oveja que se mantuvo en calma mientras Thérèse, delicadamente, iba cortando muy cerca de la piel sin llegar a la carne.

—Todo lo que me has contado sobre esta lana es cierto —dijo mi amiga—. Es la mejor que jamás he visto. ¿Qué piensas hacer con ella?

Le quité los restos a mi ovejita y acaricié su piel nuevamente desnuda. Miramos el montón de pelusa en la sábana y lo doblamos para empaquetarlo.

—Todo lo que ahorré para comprar la oveja y para pagar al pastor fue con la idea de vender la lana. Te daré parte de lo que gane, puesto que me has ayudado.

—No se trata de eso —dijo Thérèse—. Es que creo que esta lana que te llegó por milagro pertenece a Nuestra Señora de Rocamador. ¿No lo crees?

Si donara la lana al santuario me quedaría con una oveja desnuda que temblaba de frío, un precioso ser al cual no podría proporcionar ni hogar ni sustento. ¿Cómo podría la inspiración de Santa María, los años de trabajo que dediqué, e incluso un reencuentro milagroso con mi oveja terminar así? Eso no podía ser lo que la Reina Gloriosa quería para mí, ¿o sí?

Noté la mirada ansiosa de mi amiga y vi a otras personas salir de sus casas para ver qué hacíamos. Todos ellos dirían lo mismo. No podía vender la lana y quedarme tranquila. Yo le debía todo a Santa María. Y como la lana era lo único que poseía, tenía que entregársela.

La mayoría de los vecinos de nuestra calle se reunió a nuestro alrededor. Me sentía tan nerviosa como mi ovejita, que intentaba moverse rápido entre los adultos para evitar las manos de los niños que querían atraparla. Levanté mi voz, afrontando la situación.

—Un milagro ha tenido lugar hoy. La Reina del Cielo me concedió esta oveja cuando yo creía que la había perdido. Voy a llevarme su lana y donarla a la iglesia de Santa María de la cima de la montaña. ¿Quién viene conmigo?

Thérèse me abrazó y me ayudó a cargar el paquete de lana sobre mis hombros. Muchos hombres entre la multitud se ofrecieron a transportarlo, pero como seguiría siendo mi lana por poco tiempo más, yo misma quería llevarla a su legítima propietaria. Fuimos subiendo la montaña lenta y ruidosamente, cantando algunas canciones, pero principalmente con gritos y vítores. Mi ovejita subía alegremente la ladera entre brotes de flores a plena luz del sol.

Muchos monjes salieron de los edificios contiguos a la iglesia para averiguar la causa de todo aquel ruido. Le dije a uno de ellos que mi oveja era milagrosa, así que fueron a buscar al abad. Caí de rodillas por el peso de la lana. Mi ovejita puso su cabeza en mi regazo y acaricié su cabecita, todavía suave.

El abad me miraba como si todos los días le esperase una multitud para contarle un milagro. Permanecía ante mí con sus brazos cruzados sobre su crucifijo.

—El pastor me dijo que mi ovejita estaba muerta —le expliqué—. Pero rogué a Santa María que hiciera que la trajera de nuevo a mis brazos, y así, hizo que mi oveja balara para guiarme hasta dónde se encontraba.

El abad asintió. Allí arriba semejaba a la torre de la iglesia, pero esperaba escuchar algo más.

—Y he venido a donar la lana a la Virgen Gloriosa porque al final, le pertenece.

—Esta es obra de la Virgen Santísima, que siempre nos guarda —dijo, haciéndonos entrar a todos en la iglesia, incluso a mi ovejita. Hice la señal de la cruz sobre ella porque no podía hacerlo por sí misma.

Me aproximé al altar y miré a los ojos a Santa María.

—Por favor, aceptad esta pequeña ofrenda («enorme recompensa por la que yo trabajé durante años», pensé) como señal de mi devoción a vos y mi gratitud por el hermoso milagro que me habéis concedido hoy.

Dejé el paquete de lana ante el altar e hice una reverencia mirando a la Virgen Gloriosa con mi oveja al lado y el resto de mis vecinos detrás.

Es decir, el resto de mis vecinos menos Thérèse. Después del breve acto de agradecimiento que celebró uno de los monjes, todos deambulaban por el templo, observando las velas en las distintas capillas y haciendo un festival de todo. Yo permanecía allí con mi oveja, sin saber a dónde ir ni qué hacer.

Mi amiga me encontró entre la multitud y me tiró de la manga.

—¡Tengo una magnífica noticia! He estado hablando con el padre prior, le he contado lo horrible que fue el pastor contigo y que no tienes dinero para pagar a otro que cuide a tu oveja. Me ha dicho que tu oveja puede vivir aquí en el monasterio. Tienen un pequeño rebaño y ella encajará perfectamente en él.

—¿Y podría venir de vez en cuando a visitarla? —dije agarrando las manos de Thérèse, muy emocionada.

—¿Por qué no? Me ha dicho que incluso podrás esquilarla y llevarte la mitad de la lana el año que viene.

A pesar de todo no viviría en la indigencia. Era un milagro de verdad. Grité de alegría, y mi pequeña ovejita también gritó: «¡Mamá! ¡Mamá!», hasta que la llevamos a su nuevo recinto con las otras ovejas y para todos llegó la hora de volver a casa.

El castillo al otro lado del riachuelo

Cantiga 185

Andalucía, 1264

Auria abrió los ojos antes del amanecer, antes de que Jofré se despertara de su ligero sueño de bebé. Desde el nacimiento de su hijo, los recelos acerca de vivir con su marido en el puesto fronterizo se habían arraigado dentro de Auria y, a veces, le robaban el sueño.

Salió lentamente de debajo de las mantas para que Sancho no sintiera la diferencia de peso en las cuerdas de la cama y el colchón de paja. Cogió a Jofré de la cuna, asió la vela casi agotada y entró de puntillas en el ancho pasillo del castillo.

—Roguemos a la Virgen por la paz —murmuró cerca de la suave mejilla de su bebé—. En la frontera y en mi mente.

Bajó la escalera de caracol, pasando por las ventanas que daban al tejado del cuartel en el patio y, por el otro lado, a las aspilleras destinadas a los arqueros. Los ojos de Auria captaron el destello del sol naciente en el río, en realidad apenas más que un riachuelo, que marcó el comienzo del Reino de Granada.

Cruzó el patio de armas, saludando silenciosamente con la cabeza a los soldados que acababan de despertar. Entró en otra torre y dos pisos más arriba, usó la vela para iluminar la capilla del castillo. Cuando pudo distinguir el retablo de la Última Cena, dejó la vela sobre el altar.

Con Jofré contra su pecho, Auria se arrodilló ante la radiante imagen de Santa María que se había llevado desde el taller de Segovia. Ese taller estaba en la esquina de la calle donde había crecido, donde se casó con Sancho y donde recibió la carta del rey Alfonso otorgando el castillo de Chincoya a Sancho y a sus herederos. Estaba embarazada cuando llegó la carta a Segovia y debería haberle infundido terror en el corazón, pero ignoraba que Chincoya estaba tan al sur. No sabía que daría a luz con solo unos pocos soldados de infantería asustados por toda ayuda, casi a la sombra de un castillo moro al otro lado del riachuelo. La carta había parecido el honor más alto, una recompensa por el servicio de Sancho al rey en los primeros años de su reinado. Pero, ¿qué rey concedería a su súbdito la soledad, el hambre y la constante amenaza de guerra?

—Perdonad mi ingratitud, Santísima Madre —rezó Auria—. Por favor, interceded ante vuestro Hijo por nosotros pecadores. Por favor, enviadnos más soldados para defender vuestro castillo, algunas mujeres para ayudarme a honraros mejor y más semillas para plantar y ganado para sostenernos contra el enemigo. Hemos hecho todo lo posible. Ahora necesitamos vuestra ayuda.

La imagen sentada fue tallada en madera con detalles milagrosos y pintada con un manto azul, una túnica roja, una corona y unos zapatos dorados que asomaban debajo del dobladillo. En su brazo izquierdo, la Santa Madre acunaba al Niño Jesús de la misma manera que Auria sostenía a Jofré. La Virgen mantenía la mano derecha en alto en signo de bendición y a menudo se movía a la luz de las velas, pero cuando el sol entraba por la ventana, se quedaba quieta. Auria se santiguó, luego se puso de pie y cuidadosamente acercó la cabeza de Jofré a la mano de la Virgen para recibir su bendición. Besó los zapatos dorados, luego el suave cabello de su bebé y apagó las velas.

Jofré se quejó mientras los soldados del patio lo pasaban de mano en mano, todos como padrinos que querían besarlo y acariciarlo.

Manrique, al pie de la torre del homenaje, había sido el único escudero que mantuvo la calma durante el parto, dando órdenes a los demás para que trajeran agua y ropa de cama y mantuvieran el fogón encendido. Cada vez que Auria lo veía, pensaba en su mujer y su hijo, que lo esperaban en una finca de Segovia. Auria agradecía continuamente su presencia, pero también pensaba en la desgracia de su esposa al estar tan lejos de él.

Manrique tomó al bebé de manos de un arquero que lo sostenía torpemente y lo acunó suavemente hasta que se calmó. Volvió a colocar los pañales sueltos en su lugar, besó tiernamente el rostro de Jofré y lo depositó en los brazos de Auria.

—Muy bien, según mi recuento, los quince hemos tenido un turno con el bebé. Es hora de desayunar, tanto para él como para nosotros.

—Gracias, hombres, y en especial a vos, Manrique. Buenos días —dijo Auria. Antes de entrar en la torre del homenaje se abrió el escote de la túnica, y cuando llegó al adarve orientado hacia las tierras de cultivo, Jofré casi había terminado de desayunar.

Los cultivos brillaban dorados a la luz del sol de la mañana, pero era un trozo de tierra tan pequeño que parecía el jardín de un solo paisano en medio de una amplia tierra en barbecho. Auria contempló las pocas nubes plumosas en el cielo del mismo color que el manto de Santa María. Seguramente la Santísima Madre respondería pronto a sus oraciones.

Un movimiento extraño llamó su atención hacia el río. Vio un guerrero a caballo con aspecto moruno, con un estandarte desconocido para ella, con las plumas enhiestas sobre su turbante y joyas reflejando el brillo del sol en la empuñadura de su espada. Vendría del castillo al otro lado de la frontera. Llevó su caballo al río y se detuvo. Auria se inclinó hacia la saetera y estudió el terreno alrededor del caballero. Un gran número de soldados podría estar escondido entre los árboles o las rocas.

Corrió hacia las escaleras, apretó la cabeza de Jofré contra su pecho y le tapó la oreja con la mano.

—¡Sancho! —llamó por la escalera de caracol—. Sancho, ¿estás despierto? ¡Ven!

Jofré dejó escapar un lamento penetrante en respuesta, por lo que Auria no escuchó a su marido bajar. La agarró por la cintura mientras ella miraba por la saetera, silenciando a su hijo.

—¿Qué pasa, mi amor? —Sancho le susurró al oído.

Auria se apartó de la saetera para que su marido pudiera mirar.

—Mira. Un explorador moro junto al río. ¿Atacarán?

—No entiendes. Es el alcaide de Bélmez, el castillo que podemos ver al otro lado del río en el monte opuesto. Le reconocería por sus emblemas si no lo hubiera conocido ya.

—¿Lo conoces? —Auria preguntó por encima de los insistentes llantos de Jofré.

—Los soldados de Bélmez cuidaron de Chincoya antes de que

llegáramos. Por supuesto se lo agradecí al alcaide y todavía nos enviamos mensajes de vez en cuando.

—¿Por qué no me has contado nada de eso?

—Siempre estás ocupada con Jofré —dijo Sancho.

—Y más —dijo Auria, alejándose de su marido.

—¿A qué te refieres?

—He renovado la capilla para honrar mejor a la Santísima Virgen. Casi sin ayuda he conseguido que esta casa funcione. He supervisado una cosecha y una siembra y el próximo año, con la ayuda de la Virgen, tendremos suficientes alimentos para sustentar a los cientos de caballeros que se necesitarán para defender adecuadamente a Chincoya.

Caminó por la habitación, acariciando a su ruidoso hijo para intentar tranquilizarse de la visión de aquel al moro.

—Por eso es bueno conocer a la gente de los castillos vecinos, por si hay problemas y necesitamos un amigo —dijo Sancho apoyándose despreocupadamente contra la pared.

—¡Es lo que digo! Bélmez es un castillo morisco. Si hay algún problema, vendrá de Bélmez.

—Aún no lo entiendes. Sé que creciste lejos de todo esto, pero no hay motivo de alarma. Bélmez pertenece al Rey de Granada y rinde homenaje a Castilla. Son prácticamente nuestros vasallos, tal como debería haber sido hace quinientos años, cuando fueron invitados a deponer a un traidor y acabaron abusando de la hospitalidad. El alcaide me ha escrito invitándome a Bélmez para firmar algunos pactos en beneficio mutuo con presencia de cristianos y musulmanes. Sabía que vendría hoy.

—¿Qué tipo de pactos?

—Juraré proteger Bélmez y ellos jurarán proteger Chincoya.

—No, Sancho. No nos ayudarán. No pueden ayudarnos.

—Está esperándome. Iré con él.

Auria lo siguió hasta el patio, donde los llantos de Jofré llamaron la atención de los soldados.

—Estamos tan cerca de hacer que esta zona prospere para el rey —prosiguió— que solo te pido que no eches a perder todo nuestro trabajo.

—Al contrario, estoy ayudándonos con ese pacto. Llevaré a Manrique conmigo y todo irá bien.

Auria vio a Manrique llevando heno a los establos y supo que él podría convencer a su marido.

—Manrique, venid a poner sentido común en vuestro alcaide.

Manrique se acercó y Jofré miró a su padrino favorito con un silencio reverente. El escudero sonrió y se inclinó.

—¿Qué pasa, mi señor?

—Ven y trae dos caballos. Vamos a Bélmez a prestar juramento de protección mutua.

—Pero mi señor, no podemos cruzar el río sin provocar la ira del rey. Sin un mandato real, cruzar el río sería entrar voluntariamente en territorio enemigo. Sería traición.

—Gracias, Manrique —dijo Auria—. Sancho, sabes que la traición se castiga con pena de muerte. De una forma u otra cruzar ese río será mortal. No me conviertas en viuda. ¡No dejes huérfano a tu hijo!

—Ya es suficiente, Auria y Manrique. El rey me confió este castillo y creo que lo mejor es ser amigo de Bélmez. Vamos.

Sancho miró a los dos soldados bajando el puente levadizo mientras las lágrimas de Auria cubrían los mechones del cabello de Jofré. Cuando el puente estuvo listo, Auria gritó:

—Manrique.

El escudero la miró, pero siguió a su señor, como Auria sabía que tenía que hacer.

Auria subió corriendo las escaleras hacia el adarve, desde

donde podía ver el río. Su marido y Manrique montaron a caballo por el camino tortuoso, a un paso que a Auria le pareció dolorosamente lento.

—Tu padre está verdaderamente empeñado en cruzar el río —le susurró a Jofré— y yo deseo que nunca lo haga. Preferiría que este instante fuera eterno, aunque sería mucho mejor si volvieran… Espero que regresen pronto.

Desde arriba, los cristianos parecían juguetes de niños, mientras que el impasible moro representaba una extraña criatura de las pinturas del Apocalipsis. ¿Dónde se estaba metiendo Sancho?

—Nuestra única esperanza ahora es la Santísima Virgen —dijo Auria. Recitaba una y otra vez—: Ave María, gratia plena.

Los caballos bajaron hasta la orilla del río. El moro saludó a los jinetes, aunque todavía estaban demasiado lejos para hablar entre ellos. Pero mientras el caballo de Sancho avanzaba confiado hacia el río, el de Manrique vaciló. Los hombres gesticulaban el uno al otro, señalándose con la mano los costados. Entonces Manrique giró su caballo y comenzó a subir la pendiente, de regreso a Chincoya.

Era solo la mitad de lo que había pedido Auria, pero decidió mostrar su gratitud a Santa María.

—Mantened el puente levadizo abajo —les gritó a los soldados que en ese momento lo volvían a izar—. ¡Vuelve Manrique!

Cambiando a Jofré al otro brazo, Auria vio llegar a Manrique mientras su marido continuaba sin él. En el momento en que su caballo tocó la superficie del agua, un escalofrío recorrió su espina dorsal. No podría volver atrás.

Sancho acercó su caballo al lado del moro y los hombres se abrazaron como hermanos de sangre. Volvieron grupas y desaparecieron detrás de los árboles y rocas por las que Auria estaba tan preocupada.

—¡Santa María, protegednos!

Manrique apareció a su lado y miró el río.

—Lo siento, señora mía. Ninguno de los dos tenía espada ni arma alguna. Pero mi señor no quiso escuchar, no importaba lo que yo dijera. No pude convencerlo de que las necesitábamos e insistió en seguir adelante. Lo desobedecí y volví.

—Han ido juntos a Bélmez. No sé qué hacer —dijo Auria.

Manrique no podía dar respuesta. Jofré se quejaba. Manrique lo tomó en brazos y le dio palmaditas en la espalda hasta que se calmó. Juntos escucharon cómo se elevaba el puente levadizo.

—¿Y si Sancho necesita volver? —preguntó Auria.

—No podemos arriesgarnos a que el moro lo siga al interior.

El silencio antinatural del castillo fue como los momentos posteriores al tañido de las campanas de una misa fúnebre en la parroquia de Auria en Segovia. Inundó todo el cuartel, trepó por los muros de piedra como si fuera hiedra y subió por los pies de Auria hasta que la ahogó y se derrumbó a los pies de Manrique. Cerró los ojos y se imaginó a Sancho volviendo sano y salvo a Chincoya, a sus brazos. No tendría que volver a Segovia viuda con la cabeza gacha, y nadie nunca tendría que saber que había cometido traición al cruzar el río.

No supo cuántos minutos u horas después Manrique le tendió la mano.

—Doña Auria, ¡mirad!

Ella le tomó la mano y se incorporó para mirar por encima de las almenas de nuevo. ¡Sancho volvía! Pero el momento no se parecía en nada a lo que había imaginado. Iba a pie. El alcaide de Bélmez montaba su caballo al lado de Sancho y Auria se preguntaba qué le habría pasado al caballo de Sancho cuando su marido entró tropezando en el agua, empapando sus botas. Y siguieron avanzando, avanzando contra Chincoya a la cabeza de lo que parecían cien soldados árabes, equipados con escaleras y trompeteros con estandartes chillones. ¿Estaba Sancho al mando de un ataque a su propio castillo?

—¡Santa María, protegednos! —gritó Auria, cogiendo a Jofré—. Manrique, colocad a los arqueros.

Para cuando el escudero volvió al adarve con los cuatro arqueros y los hizo ocupar sus puestos, todo el ejército agareno había cruzado el río de Chincoya y seguía avanzando. Cuando Sancho llegó a la ladera del castillo, un soldado moro lo empujó y lo hizo tambalear hasta casi perder el equilibrio. Fue entonces cuando Auria vio que tenía las manos atadas.

—Lo han capturado —dijo.

Manrique asintió y alertó a los arqueros. Colocaron sus arcos, aunque el ejército estaba demasiado lejos aún para que una flecha lo alcanzara.

Los gritos de Sancho escalaron la muralla del castillo, débiles, y Auria se esforzó por escuchar.

—El rey Ibn al Ahmar de Granada sabe cuántos soldados defienden Chincoya. Podéis ver cuántos soldados tiene. ¡Entregadles el castillo o me cortarán la cabeza!

Auria se apoyó en la almena temiendo desmayarse y dejar caer a Jofré. Se olvidó de respirar.

—Doña Auria, ¿qué debemos responder? —preguntó Manrique.

Veía la tensión en el rostro del escudero incluso a través de sus propias lágrimas. La vida del padre de su hijo perdido, tantos guerreros enemigos, y tan pocos de su lado. Pero ambos sabían lo que tenían que hacer.

Auria inhaló profundamente.

—No podemos renunciar a Chincoya. Tenemos que defender lo que mi marido no ha protegido. Pero por favor, responded vos. Yo no tengo fuerzas.

—Dile al rey pagano que nunca entregaremos Chincoya.

La voz de Manrique se estrelló contra las rocas de abajo. Siguió:

—Este castillo es del rey don Alfonso y lo será mientras estemos vivos.

El ejército debió haberlo oído, porque subieron la colina, hacia las murallas, con escaleras, arqueros y hachas. Auria perdió de vista a Sancho en el tumulto. Al menos no vio que lo asesinaran.

—Voy a llevar a Jofré a un lugar seguro —dijo, y bajó con dificultad por las escaleras, incapaz de sentir sus piernas.

Los diez soldados que no eran arqueros estaban firmes en el patio.

—Vosotros dos permaneced en la puerta en caso de que tengan la osadía de atacar por allí. El resto de vosotros, al adarve, y traed todas las piedras, orinales y desechos que encontréis —dijo Auria con ronquera que delataba su miedo.

Al pie de la torre del homenaje se dio cuenta de que había un lugar mucho más seguro para llevar a su bebé. Abriéndose paso entre los soldados que se apresuraban a recoger los elementos defensivos que ella había nombrado, encontró el camino hacia la capilla.

En la penumbra, la única luz parecía provenir de la expresión serena de la Virgen. Auria escuchó tal griterío proveniente de las almenas que se preguntó cómo la Reina del Cielo podía permanecer tranquila. Dejó a Jofré en una canasta en el suelo, apoyando su cabeza sobre los manteles doblados que había destinado a cubrir el altar en algún momento más tranquilo que tan lejano parecía.

—Madre de Dios, defended este castillo y a nosotros, vuestros sirvientes —rezó, mirando los ojos azules de la Virgen—. Y proteged vuestra capilla para que los moros infieles no la capturen, encuentren a mi hijo y quemen vuestra imagen.

No sabía si era una respuesta a su oración, pero de repente Auria supo que la Virgen Santísima, que llevaba al Infinito dentro, no iba a esperar sin hacer nada a que el enemigo viniera a la capilla. ¿Qué podrían cien moros contra Santa María y dieciséis de sus seguidores?

Puso las manos a ambos lados de la base del trono tallado de Santa María. La imagen era tan ligera como lo era cuando Auria la trajo a su lado desde Segovia.

—Santiago, cuidad a mi Jofré —dijo, señalando con la cabeza la imagen del santo mientras salía apresuradamente de la capilla, acunando a Santa María que a su vez sostenía a su Niño.

El patio estaba vacío de todo menos de ruido. Los guardias de la puerta se apiñaban bajo la protección del muro, pero cuando vieron lo que hacía Auria, la siguieron escaleras arriba hasta el adarve. Arriba, los arqueros se agachaban detrás de las almenas para armar sus arcos, y se asomaban solo para disparar directamente hacia abajo. Cuando llegó a lo alto de las escaleras, notó que los otros soldados ya se habían quedado sin las municiones improvisadas. Solo podían empujar hacia abajo las escaleras de los enemigos, protegiéndose con espadas, dagas y escudos.

Una flecha voló sobre la cabeza de Auria e instintivamente atrajo hacia sí la imagen para que su capa la cubriera.

—¿Qué hacéis, doña Auria? —gritó Manrique.

Auria se enderezó y acercó la Virgen con el Niño al escudero, diciendo:

—El ejército moro debe ver a quién tenemos de nuestro lado.

Manrique sopló y se santiguó, luego agarró cuidadosamente la imagen por los brazos.

Auria indicó con la cabeza a un arquero para que dejara paso a Manrique. El escudero colocó a la Santísima Virgen directamente en el borde de la almena, donde sería visible desde el Reino de Granada. Desde atrás, Auria pensó que su mano parecía menos una bendición que un gesto de dominación militar.

—Veamos qué hace —dijo Manrique y e hizo a los catorce soldados retirarse.

El silencio cayó de nuevo sobre el castillo, pero solo en la mente de Auria, porque el aterrizaje de una escalera entre las almenas debió haber hecho un ruido terrible y el primer soldado moro que puso un pie en el adarve movió la boca febrilmente mientras hacía un gesto a sus compañeros, por lo que debía estar gritando.

Auria estaba aterrorizada viendo su turbante y el destello de la espada curva que blandía contra los soldados. Pero sus ojos no eran los de un demonio. Se parecían a los de Sancho o Manrique. Auria se sorprendió al pensar que simplemente estaba siguiendo las órdenes de su comandante y que tal vez ni siquiera le gustaban.

Un segundo moro cruzó el muro, más joven y más pequeño, el hijo de alguien. Empezó a pelear con dos cristianos mientras Manrique lidiaba con el primer atacante. Los enemigos lucharon sin armas hasta que Manrique obligó a su oponente a meterse entre dos almenas y un arquero lo ayudó a empujar al hombre cuyo cuerpo se hizo pedazos contra las rocas de abajo. Auria se preguntó si tenía esposa e hijos, y si lo esperaban en Bélmez, o recibirían su cadáver con la terrible noticia dentro de varios días o semanas.

Las trompetas moriscas sonaron a través del aparente silencio.

Desde detrás de Santa María, Auria fue testigo de cómo las filas retrocedían.

—Se van. ¡La Virgen nos ha protegido!

Se volvió y vio que dos de sus soldados derribaban al joven moro reuniéndolo con el primero. Un tercero, rubio y presa del pánico, había llegado a lo alto de la escalera cuando Manrique lo empujó con su escudo, enviando tanto al hombre como a la escalera a las peñas del suelo. Todo Chincoya esperó, conteniendo la respiración, pero no llegaron más escaleras y nadie más apareció en el adarve.

Musitando oraciones de agradecimiento, Auria miró alrededor de la imagen de Santa María para ver al ejército cruzar el río hacia Bélmez, sin mirar atrás. Pero alguien quedaba solo a los pies del castillo. Un hombre se abría camino lentamente cuesta arriba.

—¡Bajad el puente levadizo! —gritó Auria—. ¡Sancho vuelve!

Toda la compañía bajó las escaleras. Mientras los soldados echaban el puente levadizo, Auria llevó la imagen a la capilla, donde Jofré lloraba con ganas. Colocó a Santa María en su lugar de honor en el altar, luego tomó a su bebé en sus brazos.

—No eres un huérfano, cariño —le susurró al oído—. Tu padre vuelve a casa ahora. Tenemos mucho que agradecer.

Se arrodilló, y sosteniendo a su hijo, rezó dando gracias, mientras se escuchaba el alboroto de los soldados recibiendo a Sancho y cerrando el portón tras él. Si su marido había aprendido la lección que la Virgen les había enseñado ese día, allí la encontraría.

Muy pronto, a través de sus párpados cerrados, sintió que la luz de la entrada se oscurecía. Sancho estaba ante ella con la cabeza gacha y las manos cruzadas. Tenía heridas las muñecas por las ataduras y los desgarros en su túnica mostraban por dónde lo habían sujetado y obligado a dar información sobre tropas y suministros.

—Lo siento mucho, mi amor. Realmente creía que el alcaide

de Bélmez era mi amigo y que hoy íbamos a jurar lealtad para que fuera siempre nuestro aliado.

Auria se puso en pie y podría haberlo abrazado si la calidez de Jofré en sus brazos no le hubiera recordado lo que su marido había arriesgado.

—Nos dejaste. Casi moriste y permitiste que el enemigo se apoderara de nuestro castillo. Hasta hoy, pensé que ambos hacíamos el trabajo de la Santísima Virgen y del rey. ¿Cómo puedo confiar en que hayas aprendido la lección?

—Vengo a pedirte perdón —dijo Sancho.

Auria lloró por el marido que casi había perdido.

—No es mi perdón el que necesitas, querido tonto. Pídeselo a Santa María.

Los soldados se apiñaron dentro de la capilla. Manrique los llevó a entonar «Gaude Virgo» y cuando Auria miró el rostro de María, su sonrisa le dijo todo lo que necesitaba saber.

—Parece que la Santísima te perdona —le dijo a Sancho—. De lo contrario, ella no habría realizado el milagro de traerte a casa y no permitir pérdidas entre nosotros.

—Cuando apareció su imagen sobre la almena y el soldado cayó muerto, el rey de Granada dijo: «No me atrevo a continuar con este ataque y consideraría una tontería ir contra María, que defiende a los suyos». Incluso los moros comprenden el poder de la Madre de Dios. Estoy muy agradecido de que lo supieras mejor que yo —dijo Sancho, tomando a su familia entre sus brazos.

Viendo a su esposo sano y salvo, con el himno a la Virgen resonando en sus oídos, Auria entendió que Chincoya estaría a salvo durante muchos años más.

✠

Trovador de
Santa María

Cantiga 194

Reino de Aragón, siglo XIII

En León siempre quieren que cante el Cerco de Zamora y cómo mío Cid se vengó del asesinato del rey don Sancho. En Castilla no puedo terminar un recital sin que pidan las escenas del exilio de mío Cid, y cómo lloró al dejar atrás Burgos y a su esposa e hijas. Cuando estoy en Aragón no les interesa nada de eso y tengo que empezar la historia con las hazañas del héroe en las tierras del sur. Esas partes son divertidas y puedo inventar nuevos nombres para los guerreros moros y las cosas raras que dicen.

Solía cantar de mío Cid tanto como la gente quería, siempre y cuando pagaran. Pero lo que realmente me gustaba era componer nuevas canciones sobre los milagros de Nuestra Señora. Me enteraba de las nuevas maravillas que había realizado mientras viajaba de un lugar a otro, y mientras me acostaba en un colchón en el gran salón de un señor o deambulaba por la cámara privada del palacio del gobernador, inventaba nuevos esquemas de rimas que llenaba de los milagros de la Virgen María. No era tan fácil componer cuando tenía que dormir en graneros o incluso al aire libre.

Había pasado la noche en el castillo de Barcelona y vagaba por las montañas, preguntándome dónde podría encontrar refugio y empleo. Pero la Madre de Dios siempre me ha provisto de lo necesario, así que mientras deambulaba subido en mi burra, pensaba en los versos que había comenzado la noche anterior. Tenían un ritmo animado, ideal para viajar:

> En las mientes hemos de tener
> de Nuestra Madre su obra;
> que las piedras de moler
> ya la conoce de sobra.

Un joven, vestido de cuero estampado con hojas verdes y un gorro de caza, apareció en un recodo de la ladera de la montaña.

—Cantáis con gracia y facilidad —dijo—. ¿Buscáis empleo?

—Mi nombre es Munio —dije, quitándome el gorro—. He tocado en la mayoría de las casas reales de España y Francia. ¿Quizás habéis oído hablar de mí? Y sí, necesito un lugar para cantar mis cuentos esta noche.

—Excelente —dijo asintiendo—. Mi señor, don Gutierre Beltrán, estaría honrado de hospedaros y escucharos esta noche. Dejé la partida de caza cuando escuché vuestro cántico, pero puedo llevaros al palacio ahora mismo.

—Os lo agradezco. No creo que mi burra sirva para rastrear un ciervo —bromeé.

—Soy Lope. Seguidme —dijo sonriendo.

Desmonté y llevé mi burra por las riendas. Lope tomó las riendas del otro lado, estudiando su aspecto.

—Vuestras alforjas no son muy grandes —dijo. Buscó dónde apoyar el pie para acceder desde la pendiente a un camino mucho más ancho.

—No, no necesito mucha ropa para viajar en verano, y en Barcelona no me dejaron muchas provisiones porque estaban seguros de que encontraría trabajo rápidamente. Confío en que Santa María se encargue de mis necesidades.

En verdad, ya había comido el queso y el pan de los que me habían provisto en el palacio real, donde habían sido enormemente generosos de otra forma. En la parte inferior de la alforja, había tantas monedas que aún no había tenido oportunidad de contarlas. Aunque no encontrara trabajo, podría pagarme una cama en cualquier parte. Pero no hacía falta mencionarlo.

Seguí su ejemplo lentamente, animando a mi burra, y para el empujón final hacia la carretera, tiramos de las riendas juntos, acelerando un trabajo que podría haber durado horas.

—Os preguntaría por qué vos no compráis un caballo, pero si pasáis mucho tiempo en las montañas, ni el mejor corcel estaría tan seguro como vuestra amiga —dijo Lope, rascando las orejas de la burra.

—Creo que le caéis bien —le dije. Estaba seguro de que la Santísima Virgen nos había guiado, a la burra y a mí, a una velada de lo más provechosa.

Le hablé a Lope de la canción que estaba componiendo para la Reina del Cielo, y también de que conocía los cantares de los siete infantes de Lara, de Fernán González y del resto de los condes de Castilla, Bernardo del Carpio, y la Campana de

Huesca, que era popular en otras regiones del Reino de Aragón, pero me dijo lo que yo esperaba:

—¿Sabes el cantar de mío Cid?

—Lo sé de principio a fin, de Zamora a Burgos a Valencia.

—Bien. Estoy seguro de que mi señor querrá escucharlo todo.

Me sentí un poco cansado después de vagar por las montañas todo el día, pero sabía que cuanto más cantaba y tocaba, más oportunidades tendrían los residentes e invitados de meter monedas en mi alforja, por lo que no podía quejarme.

Al doblar una curva en el camino apareció el pueblo, subiendo una ladera, con su castillo dorado en la cima, más grande que la misma villa. Me detuve asombrado.

—¿Es el castillo de don Gutierre?

—¿No has oído hablar de él? —preguntó Lope—. El rey don Jaume le concedió este castillo personalmente a perpetuidad para todos sus herederos. No hay señor más poderoso en el Reino de Aragón.

—No, imagino que no —dije.

Atravesamos las calles de la ciudad, dando vueltas lentamente hasta el castillo. Todos los que pasaban saludaban a Lope como a un amigo y a veces les decía quién era yo.

—Esta noche cantará todo el cantar de mío Cid. ¡Venid al castillo para la fiesta!

—También acepto peticiones —agregué—. Y acabo de estar en Barcelona. Estoy seguro de que querréis escuchar todas las noticias.

Esto fue recibido con promesas de que asistirían. Yo esperaba que hubiera mucho vino para mantener la garganta lubricada durante lo que parecía iba a ser una noche larguísima. Cuando llegamos a la puerta del castillo, las voces de todos los habitantes del pueblo resonaban en la ladera de la montaña:

—¡Terminad el trabajo! ¡Un juglar estará en el castillo esta noche!

Lope le dijo al vigilante quién era yo y le hice una reverencia teatral. Fue más que suficiente para ganar la entrada. Llevamos a mi burra a un patio de armas lleno de actividad, como almohazar caballos, llevar cestas de víveres de un lado a otro, incluso algunos hombres recogiendo piedras y leña para hacer tres fogatas.

—¿Hay noticias de la caza? —le preguntó uno a Lope.

—Enviaron un mensajero por delante. Se han cobrado un venado y dos ciervas.

—Don Gutierre debe ser el mejor cazador de toda la cristiandad —dije.

—Y menos mal —dijo Lope—. Todo el pueblo viene a disfrutar de esas presas.

Lo seguí mientras guiaba a mi burra para que la cepillaran como si fuera el mejor caballo de guerra después de una batalla. Cuando comprobé que estaría bien cuidada, levanté las alforjas a los dos lados del cuello por la hebilla que las unía.

—Vuestras pertenencias también estarán aquí bien cuidadas—dijo Lope.

—Necesito mi rabel para tocar y cambiarme de ropa, ya que estoy de viaje —le expliqué. Era cierto, pero también esperaba que no oyera el tintineo de las monedas en la alforja.

Si se dio cuenta, no dijo nada y me acompañó a una habitación donde él y otros sirvientes de alto rango dormían.

—Podéis dormir con nosotros. Conseguiremos un jergón extra antes de que termine la noche. Ahora dejaré que os instaléis y afinéis vuestro instrumento.

—¿No tendré tiempo más tarde? Puedo ayudar a preparar el salón.

—Aprovechad. Va a ser una noche muy ocupada —dijo cerrando la puerta suavemente.

Dejé mis alforjas en el jergón más cercano y decidí cambiarme de ropa. Saqué las monedas de Barcelona y las envolví en mis medias, capa e incluso en mi sayo, contándolas sobre la marcha. Era demasiado dinero para viajar. Decidí pasar la noche en ese castillo y volver directamente a Navarra a la mañana siguiente. Guardaría la mayor parte en mi casa, pero también se me ocurrió la idea de conseguir un caballo para viajar de forma más elegante. Incluso contrataría a un iluminador para que hiciera un códice de mis composiciones a Santa María.

Metí las monedas envueltas en el paquete y ya no hicieron ruido. Satisfecho con mis planes, me vestí con ropa limpia y saqué mi rabel y el arco de sus envolturas. Al mirar las cuerdas flojas, me di cuenta de que estaba muy desafinado.

Sonó un golpe en la puerta.

—Adelante —dije.

Entraron dos doncellas cargadas de sábanas y relleno y las saludé.

—Seréis el juglar —dijo una.

—Y trovador de Santa María —respondí asintiendo.

—Esa cama es de Mendo. Os haremos una mejor aquí —dijo la otra. Apilaron la ropa de cama en el suelo al otro lado de la habitación.

—Os ayudaría, pero Lope me dice que tengo que afinar este rabel.

—Adelante, juglar. No tardaremos más que un momento.

Se pusieron manos a la obra. Apreté las clavijas para empezar y luego probé con el arco. El instrumento dejó escapar un chillido tal que las doncellas se sobresaltaron.

—¡Perdonad! —dije.

Ellas se rieron.

—Tendréis que hacerlo mejor para don Gutierre. Tiene un oído excelente.

Hice una mueca exagerada, volví a ajustar las clavijas y pasé el arco por las cuerdas, una por una, hasta que las cuatro mejoraron notablemente. Miré a las mujeres que acababan de hacer una cama de aspecto muy acogedor y esperaban a ver qué haría yo. Empecé un baile animado y ellas se agarraron de los brazos con entusiasmo y brincaron entre los jergones. Así nos encontró Lope.

—Venid, Munio —dijo—. Querréis comer algo antes de que comience el banquete.

Llevé mi alforja al hombro y mi rabel delante de mí, cuidando de no golpearlo. Cuando llegamos a la cocina, Lope señaló un lugar libre en una mesa. Dejé el rabel sobre la mesa con cuidado, temiendo que incluso una mirada lo desafinara y me senté en el banco frente al pequeño plato de comida, mirando a los cocineros y a los mozos de la cocina.

—El salón está preparado y el señor y su dama llegarán pronto. Tenéis una larga velada por delante. ¡Comed bien! —dijo Lope dándome una palmada en la espalda. Casi envió una crujiente barra de pan a chocar contra mi instrumento. Yo me preocupé tanto de que no se hubiera dañado que no le pregunté si me permitirían comer algo del banquete.

Resultó que no. Tan pronto como engullí un poco de pan y un muslo de pollo, sin nada de beber para bajarlo, me hicieron pasar al gran salón. Mesas largas, o muchas colocadas juntas, se alineaban en las cuatro paredes con espacios entre ellas para que los sirvientes se abrieran camino por la habitación. Todas las mesas estaban cubiertas con manteles brillantes y todas las sillas ocupadas. Otras personas que parecían que iban a comer de pie o sentadas en el suelo se arremolinaban en el centro. El ruido de todos, tan emocionados por la fiesta, colmó mis sentidos, y quise alejarme, pero una criada me dijo que esperara allí a un lado hasta que me llamaran.

Un silencio se apoderó de la sala mientras el primer cocinero desfilaba con una fuente enorme llena de carne asada de la caza. Apenas parecía capaz de soportar su peso. Llegó hasta la mesa y la depositó con un ruido sordo frente al señor y la dama. Ambos cogieron un poco de carne de la parte superior y se desmenuzó en sus manos.

—Una cacería de lo más satisfactoria, mi señor —dijo la dama—. ¡La grasa se desliza por mi manga!

Todos se rieron alegremente. Don Gutierre hizo un gesto al cocinero para que trajera el resto de los platos. Las charlas, los gritos y las risas se reanudaron como si nunca se hubieran detenido, esta vez acompañados de cocineros y mozos de cocina que llevaban platos a todas las mesas. Fui testigo de las innumerables veces que casi chocaban con los comensales de pie, pero estaba claro que tenían mucha práctica y no cayó nada al suelo.

La voz de don Gutierre resonó desde la mesa principal:

—Me han dicho que hay un juglar. ¡Que venga a tocar!

Había perdido por completo la noción de dónde estaba Lope, pero varios mozos de cocina se abrieron paso entre la multitud para permitirme ocupar mi lugar en el centro del salón. Dejé mi alforja delante de mí por si acaso alguien se sentía conmovido y le echaba alguna moneda y vi por primera vez a mis anfitriones. La ropa del señor y la dama tenían hilos de oro que brillaban a la luz de las velas, y sus ojos resplandecían expectantes mirándome.

—¿Sabes el cantar de mío Cid? —preguntó don Gutierre.

—Por supuesto, mi señor —intenté decir, pero la voz se me quebró. Luego comencé a toser. No estaba seguro de si tenía la garganta seca por el pan o por los nervios—. Perdonad. ¿Podría tomar un poco de vino?

Don Gutierre señaló al joven sirviente que estaba junto a la mesa cerca de él. Llenó una taza del odre y me la pasó. Después de haberme tragado la mitad de la taza, me sentí lo suficientemente bien como para cantar la muerte del primer rey don Fernando y la guerra fratricida que la siguió mientras los comensales festejaban, charlaban y, a veces, cantaban conmigo. Cuando los ojos de mío Cid se llenaban de lágrimas al salir de Burgos, tuve que pedir más refresco. Les canté hasta Valencia, y cuando volví a pedir más vino, un criado de aspecto más experimentado finalmente se dio cuenta y trajo un odre entero.

Para entonces la comida había sido devorada y algunas personas se acercaron y depositaron monedas en la punta de mi alforja, tal como esperaba. Levantaba la esquina para hacer desaparecer las monedas dentro cada vez que encontraba una excusa para liberar las manos.

Y así, pude continuar con la afrenta de Corpes y la muerte honorable del héroe, y después las últimas noticias del levantamiento morisco en Murcia y la respuesta del rey aragonés don Jaume, tomando tragos según fuera necesario y escondiendo más profundamente en la alforja las monedas según la gente iba contribuyendo.

Toqué mi última composición para Nuestra Señora y pareció complacer a la mayoría, pero luego don Gutierre me pidió que tocara un baile. Quizás necesitaba despertar un poco a los invitados para que no durmieran todos en su castillo. Estoy seguro de que la mayoría de ellos lo hizo, de todos modos. Tañía mi pobre rabel y las túnicas de la multitud se arremolinaban a mi alrededor en una confusión de colores hasta que una de mis cuerdas se rompió.

Metí la mano en mi alforja para ver si podía ensartar otra, pero solo encontré monedas. Miré para asegurarme de que nadie se hubiera dado cuenta de cuánto había entrado en la alforja. Luego revisé el odre y también estaba vacío. Los invitados ya estaban compensando la falta de música, aplaudiendo, gritando y cantando lo mejor que podían, así que me puse de pie y anuncié:

—Mi cuerda rota me dice que para mí la velada ha llegado a su fin. Doy las gracias a mi señor y mi señora y a todos los invitados a estas fiestas.

Algunas personas me saludaron con la mano y me desearon buenas noches. Me cargué la alforja al hombro y volví a la habitación de los sirvientes. Había sido una buena noche.

Me desperté con dolor de cabeza y no sabía si era por el vino o por usar mi alforja, llena de monedas duras y frías, como almohada. Un poco de luz se filtraba a través de las contraventanas y yo estaba resuelto a volver a casa a descargar todo el dinero, así que pensé que sería mejor ponerme en camino. Me levanté de la cómoda cama conteniendo los crujidos porque los otros jergones estaban llenos de formas que dormían, y la de Lope a mi lado.

El rabel yacía en el suelo junto a mi saco. Dudaba de cómo meterlo sin aplastarlo entre tantas monedas, así que salí de la habitación con la alforja al hombro y el rabel en la mano.

En el pasillo, dos hombres del pueblo que recordaba de la velada yacían roncando sin parar. Pasé por el gran salón y vi a muchos otros en posiciones similares, e incluso a un hombre y una mujer en un abrazo amoroso. Me persigné y dije «Ave María», luego pensé que tal vez visitaría a Juana en mi pueblo y vería si se quería casar conmigo. Probablemente a ella no le gustaría viajar tanto como a mí.

El pozo vacío de mi estómago me llevó a la cocina donde algunos cocineros estaban avivando el fuego. Uno me preguntó si quería papilla.

—No, gracias. Empiezo mi viaje de inmediato. ¿Tenéis un poco de pan, tal vez?

—No queda nada después de la fiesta —dijo el cocinero.

—Tomad este hojaldre con miel —dijo un mozo de cocina.

Le di las gracias profusamente y lo terminé antes de llegar al pozo del patio de armas. La masa empezó a absorber un poco del vino de la noche anterior mientras yo bebía del pozo y me lavaba. Observé los restos de las fogatas de la presa que nunca probé, luego reorganicé algunas cosas en mi alforja, dejé que las monedas cayeran al fondo y envolví mi rabel en su tela. Lo estaba colocando en el escaso espacio libre que quedaba cuando alguien se acercó detrás de mí y habló, dándome un sobresalto. Otra de las cuerdas se rompió con un triste zumbido, incluso dentro del envoltorio.

—¿Salís ya? —dijo Lope—. Este es Mendo. Lo habréis visto anoche. Os vamos a ayudar a llevar a vuestra burra por la cuesta hasta el camino principal.

¿Cuánto tiempo me habían estado mirando? ¿Habían visto algunas de las monedas en mi alforja? Reconocí a Mendo de cuando me llevó el odre. No imaginaba ninguna razón convincente para que no vinieran conmigo, e incluso me sentí un poco malvado por dudar de sus motivos. Fue un ofrecimiento cortés que debería responder de la misma manera.

—Es una buena idea —dije. Me ayudaron a buscar la burra entre los caballos, cargué las alforjas en su grupa y le di algunas palmaditas alentadoras.

Mientras caminábamos, Lope y Mendo se reían y bromeaban acerca de la velada, pero yo me sentía demasiado somnoliento para participar. Distraído, no pude evitar tararear mi última canción a Santa María.

—Ea, cantasteis muy bien anoche —dijo Mendo—. No creo que nadie haya cantado el cantar de mío Cid entero, y mucho menos seguido de otras cosas.

—Gracias. No me importa trabajar duro —le dije con voz ronca. Sentí que mi voz estaba por abandonarme de nuevo.

—Habéis debido juntar muchas monedas —continuó Mendo—. Vi a casi todo el mundo meter algo en vuestra alforja, uno por uno.

No sabía qué responder, y mi garganta protestó con una tos.

—¿Alguno de vosotros tiene un odre?

—No —dijo Lope—. Pero si vais hacia el sur por el camino más pequeño, hay un pueblo con un par de tabernas. Casi hemos llegado al cruce.

—No creo que quiera ir al sur —susurré—. Estoy intentando volver a casa en Navarra.

—Ir al sur es probablemente la forma más rápida de salir de estas montañas —dijo Mendo—. Pero viajar alrededor de la sierra para ir al norte por la llanura será lo más rápido.

Llegamos al lugar donde las carreteras casi se cruzaban, así que solté las riendas de mi burra para prepararme para el descenso empinado.

—Pero no importa nada de eso —dijo Lope—. No vais a Navarra.

Me empujó en el pecho con las palmas de las manos. Me caí de cabeza por la pendiente.

Antes de saber lo que sucedía, dejé de caer. Mis piernas se enredaron en las zarzas y detuvieron mi caída. Todo lo que pude hacer fue dar un grito ahogado.

Intenté mirar hacia arriba de la pendiente, pero desde donde me encontraba no podía ver lo que estaba sucediendo. La voz de Mendo resonó en la ladera:

—¿Has oído? Todavía está vivo.

Intenté zafarme de las zarzas, pero las espinas me cortaban los dedos. Lope y Mendo se asomaron por encima de la cresta y me vieron abajo, indefenso.

—¿Tienes una navaja? —Lope preguntó a Mendo—. Dámela. Voy a bajar y matarlo.

—¡No! Llevaos mi burra. No tengo nada más en el mundo —dije, pero si escucharon algo, probablemente sonó como un lloriqueo.

—Es mi navaja —dijo Mendo—. Debería matarlo yo.

—¡No os delataré, solo dejadme en paz! —intenté, tosiendo.

—Lo encontré en las montañas cuando estabas con el grupo de caza —dijo Lope—, así que es mi responsabilidad. ¿Hay algunas pajitas por aquí? Podemos echarlo a suertes para ver quién debe matarlo.

Eran monstruos. Me di cuenta de que no podía hablar con ellos, aunque pudieran oírme. Intenté desesperadamente escapar de las zarzas alrededor de mis piernas sintiendo que estaba perdido. Estaba solo, sin ningún amigo que me protegiera.

Pero yo siempre tenía una protectora, tanto si pensaba que estaba solo como si no. Fue entonces cuando la voz volvió a mí. Grité de tal manera que probablemente me oyeron en el castillo de don Gutierre:

—¡Madre del Rey Misericordioso, protegedme! ¡No dejéis que me maten! ¡Defendedme sin demora!

Cuando el eco de mi voz dejó de resonar en la ladera, me quedé totalmente quieto, escuchando. Lope y Mendo no dijeron nada, no hicieron ruido. ¿Se habían ido? No estaba seguro. Dentro de mi inmovilidad, descubrí que podía alcanzar el cuchillo de comer de mi cinturón y librar mis piernas de la prisión de las zarzas. Dudaba si moverme porque no apreciaba ruido arriba y no había forma de saber qué estaba pasando. De repente, sonó un gran rebuzno y me sentí impelido a ver cómo estaba mi burra.

Mis piernas no sufrieron más que algunos rasguños, así que subí la pendiente y me agaché en el borde para observar sin ser visto.

Mi burra estaba donde la dejé, pateando agitada. Pero lo que me sorprendió fue que, a pesar del silencio, Lope y Mendo también estaban allí. Estaban completamente quietos, con los brazos extendidos, como si se hubieran congelado en el instante en que Lope intentó quitarle la navaja a Mendo. Esperé un momento, y como parecía que nunca cambiaban lo más mínimo de posición, ni siquiera para respirar, me acerqué a ellos. Los rodeé y los miré a los ojos, que eran las únicas cosas de ellos que se movían. Así que no se habían muerto.

Saqué la navaja de la mano apretada de Mendo y la tiré cuesta abajo, por si acaso. Le toqué en el hombro con un solo dedo y cayó como un árbol. Su rostro estaba tan contorsionado por un dolor que no podía expresar, que casi sentí lástima por él.

—¿Por qué los sirvientes de un señor tan rico querrían robar las posesiones humildes de un juglar errante? —pregunté. Mendo parpadeó y movía los ojos, pero su boca no hablaba.

Dejé a Lope en su parálisis y me volví a mi burra.

—¿Viste lo que pasó? —pregunté, acariciándola detrás de las orejas para calmarla—. Creo que es un milagro. Dicen que la mera invocación del nombre de la Virgen Santísima es tan terrible para los malhechores como un poderoso ejército. Creo que esta es la respuesta de la Reina Gloriosa a mi súplica.

Tenemos una canción nueva para componer para la gente en Navarra.

Aseguré la alforja y pensé cómo iba a bajar con mi burra por la pendiente.

—Realmente podríais haberme ayudado —les dije a Lope y Mendo—. Qué pena que no estuvierais escuchando cuando canté mi canción para Santa María. Os habría convencido de no portaros tan mal.

Decidí ir por el camino más alto. Probablemente sería la forma más rápida de dejar atrás las montañas, de todos modos. Mi burra y yo pasamos entre los cuerpos silenciosos de los sirvientes.

—No os preocupéis —les dije—. La Madre de Dios no os dejará morir. Estoy seguro de que cuando yo esté a salvo podréis volver a moveros.

No me correspondía a mí decirlo. Desconocía qué otros actos malvados podrían haber hecho esos dos, y tal vez el Juez Supremo habría decidido condenarlos ya por sus pecados. Pero no me sentía bien dejándolos en ese estado.

Cuando llegué a una curva del camino miré hacia atrás y Lope pareció bajar el brazo tan lentamente como el movimiento de la sombra de un reloj de sol. Sabía que era mejor no dar lugar a que me alcanzaran.

Desde entonces, viajo por todos lados cantando mi milagro en alabanza a la Virgen, que siempre protege a quienes la invocan. Cuando piden mío Cid, primero canto mi milagro, y las hazañas de ese gran guerrero ya no parecen tan maravillosas. Todos dicen que el milagro que la Reina Gloriosa obró para mí es la historia más noble y hermosa de todas.

✠

El torneo de honor

Cantiga 195

Languedoc, sur de Francia, siglo XIII

En la casa de mi infancia, mi madre tenía un jardín que solía florecer maravillosamente en primavera. Mi padre sintió tanto dolor por el fallecimiento de mi madre, que dejó de levantarse de la cama. Yo también estaba desconsolada, pero pensaba que ni mi madre ni la Virgen Gloriosa querían que nos hundiéramos y nos consumiéramos en el duelo. Así que, pensé honrar la vida de mi madre cuidando su jardín.

Cuando fui a comprobar si las plantas necesitaban agua, observé que las lluvias recientes habían sido muy perjudiciales. Las malas hierbas se habían colado entre los arbustos cuidadosamente seleccionados. Así que me subí las faldas, me arrodillé en el suelo y comencé a arrancar las malas hierbas. Algunas de las raíces eran profundas, lo que dificultaba el trabajo y, además, el sol quemaba. Pero el tiempo pasó volando recordando cómo ayudaba a mi madre en ese mismo lugar mientras cantaba una canción de alabanza a Santa María.

—Rosa de todas las rosas, flor de todas las flores, dama de todas las damas . . .

Miré hacia arriba y dejé de cantar cuando vi un forastero en nuestro jardín. Deduje que era un caballero porque montaba un caballo de guerra cubierto con águila heráldica, vestía con armadura, mientras que su espada, su escudo y su casco colgaban ostentosamente de la silla. Jamás había visto a nadie como él en nuestra casa, así que no sabía qué decir o esperar.

Me contempló por unos momentos antes de hablar.

—¿Cuántos años tienes?

—Dieciséis —dije. No tenía nada que ocultar, o eso creía.

Una sonrisa quiso cruzar su rostro y sus ojos brillaron sin vida.

—¿Está tu padre en casa?

No se me habría ocurrido mentir:

—Sí, está dentro.

El caballero desmontó.

—Esperad. ¿Qué estáis haciendo? —pregunté, sin respuesta. Seguí al caballero hasta la puerta principal, donde llamó con la fuerza de su guante de cuero reforzado. Cuando nadie salió, golpeó más fuertemente.

Mi padre abrió la puerta, su camisón de lino estaba profundamente arrugado y sus rodillas sobresalían a la vista de todo el mundo. Vio al visitante y se pasó la mano por el cabello dejándolo más despeinado y revuelto que antes. No sabía si sentirme avergonzada o asustada.

—¿Qué os trae por aquí, señor caballero? —dijo mi padre, su voz aún rota por el sueño.

—Mi nombre es don Ordoño de Alquézar, y pasaba por aquí con mi regimiento camino al torneo de Tolosa. Escuché a vuestra hija cantar y vine a ver quién era.

Habló rápido, con pocas palabras, como si no tuviera tiempo que perder. La única pausa fue para mirar a mi padre de arriba abajo como si fuera un caballo que comprar.

—Parece que os vendría bien algo de dinero. ¿Cuánto pedís por vuestra hija?

Mi padre salió de su estupor y yo me interpuse entre los hombres.

—¡No! —le grité al caballero—. ¿Qué queréis decir?

—¿Vos queréis casaros con mi hija? —preguntó mi padre, inclinando la cabeza y entrecerrando los ojos.

—No exactamente —dijo el caballero—. Pero la cuidaré. A ella nunca le faltará nada.

Tomé las manos de mi padre y me arrodillé.

—Sabes que solo he querido meterme monja y adorar a Santa María. No dejarás que este forastero me lleve de manera deshonrosa, ni siquiera considerando el matrimonio, ¿verdad?

Se soltó de mis manos y me dio unas palmaditas en la cabeza, pero se dirigió al caballero:

—¿Cuánto ofrecéis?

—Tengo cien maravedíes en mi alforja que podría daros ahora mismo.

Nunca había visto los ojos de mi padre tan abiertos.

—¿Tanto?

—No es un problema. Los recuperaré, y más, cuando gane el torneo.

Me levanté e intenté mirar a mi padre a los ojos.

—¿Eso es lo que te preocupa? —dije sin comprender lo que sucedía—. ¿Ese es el valor de mi vida?

—Cien maravedíes me quitarían tantas preocupaciones, hija —dijo. Trató de besar mi mejilla, pero lo esquivé—. Ya sabes que ahora que no está tu madre nunca podré proporcionarte la dote que te mereces. Míralo. ¿Está tan mal?

No podía ver a don Ordoño, solo pensaba en lo que intentaba hacer: comprarme para usar con fines que no podía imaginar. Me quedé sin palabras.

—Cuanto más tardemos en llegar a un acuerdo, más rápido tendremos que cabalgar para alcanzar mi regimiento —dijo el caballero.

Mi padre pronunció las últimas palabras que le oiría decir en mi vida:

—Traed las monedas.

—Santa María, protegedme —logré decir antes de desmayarme.

Cuando abrí los ojos, vi caballos y jinetes armados a mi alrededor. Me dolía horriblemente la espalda porque había estado desplomada contra el cuello del caballo de don Ordoño durante no sé cuánto tiempo. No estaba atada y me pregunté si podría saltar del caballo en movimiento. Pero dudaba de que fuera lo bastante fuerte como para enderezarme por mi cuenta y evitar ser pisoteada por el resto del regimiento. Un estornudo tremendo tomó la decisión por mí, obligándome a erguirme contra un gran cuerpo con armadura que solo podía ser don Ordoño. Me rodeó la cintura con un brazo para sujetarme.

—Conque has vuelto a mí. Me alegro. Vamos a pasar juntos una noche maravillosa.

Esa mañana había pensado que iba a recuperar el jardín de mi madre para que mi padre y yo pudiéramos vender algunas plantas y comer otras para no morir de hambre. Pero la solución de mi padre fue más rápida. Lo que había hecho por dinero fue como un jarro de agua fría para mí. Enterré el rostro entre mis manos.

—Todos estos años me he mantenido inmaculada, solo para

acabar vendida como una yegua de cría —dije. El llanto apenas me dejaba respirar.

—Tranquila, pequeña. No llores. Te trataré bien.

Don Ordoño apretó su abrazo alrededor de mi cintura y puso su mejilla junto a la mía. Quizás intentaba consolarme, o quizás simplemente evitar que mi agitación molestara al caballo, que había cambiado de paso.

—¿Cómo te llamas?

—María —me lamenté—. Me pusieron el nombre de la Madre de Dios, pero no me puedo comparar con ella. Un destino peor que lo que más temía se ha hecho realidad.

Don Ordoño se enderezó y aflojó su abrazo. No sabría decir por qué. Me di la vuelta y miré hacia arriba, intentando ver su rostro, pero mi vista era muy borrosa.

—Y hoy es sábado, día de Santa María. Siempre he guardado vigilia en honor a la Virgen Madre para alcanzar la vida eterna de la que me hablaba mi madre, y en la que siempre creí. Hoy esa vigilia se rompe de la peor forma posible.

Don Ordoño tiró suavemente de las riendas y su caballo aminoró la marcha. Otros caballeros pasaron por delante. Algunos hicieron comentarios como:

—¡Ea, campeón! ¿Qué hacéis?

—¿Qué es lo que estáis haciendo? —pregunté.

—Tengo entendido que eres una chica religiosa —me susurró al oído como si no quisiera que ninguno de los otros caballeros lo escuchara—. Yo también debería guardar el día de Santa María, si es que quiero su protección en el torneo y porque, además, se lo debo por las muchas veces que me ayudó en la batalla.

No sabría decir por qué, pero la curiosidad detuvo mi llanto. Parecía que mi perdición se había retrasado hasta al menos el día siguiente. Me sequé la cara con las mangas.

Don Ordoño me agarró del muslo y dijo:

—Flaín.

Resultó ser el nombre de su escudero, que cabalgaba a nuestro lado. Ambos caballos se detuvieron y el regimiento fue pasando delante.

—Voy a llevar a esta quejica a la Abadía de San Clemente en Tolosa. Después me reuniré con el regimiento fuera de la ciudad para el torneo —dijo don Ordoño—. No tardaré, pero adviérteselo al capitán si pregunta por mí antes de que vuelva.

El escudero asintió.

—Como vos digáis, mi señor.

Se atrevió a guiñarme un ojo y yo, desconcertada, no supe qué responder. ¿Estaba acostumbrado a cubrir a su señor mientras robaba doncellas a sus familias? El escudero espoleó a su caballo para alcanzar al regimiento y yo me quedé sola con don Ordoño.

—¿Qué haremos en el convento? —chillé—. ¿Conocéis a las monjas allí?

Él no respondió, pero ajustó su abrazo sobre mí de tal modo que casi no lo notaba. Continuamos nuestro camino y me preguntaba si terminaría perdiendo lo único que me quedaba en una abadía. Quizás este caballero tenía un acuerdo con las monjas y nos esperaban una cama grande y mi perdición. Este no era precisamente el viaje a un convento que siempre había imaginado. El caballo protestó cuando tiré nerviosamente de su crin.

—Oye, tírate de tu pelo, pero deja en paz a mi caballo —fue todo lo que dijo don Ordoño.

El sol caía sobre nosotros con su último resplandor antes del anochecer cuando entramos por las puertas de Tolosa y seguimos las instrucciones del centinela hacia la abadía. La gente del pueblo apenas nos miraba, y me pregunté si muchos caballeros traían doncellas a la ciudad, ya fuera a la abadía o a cualquier otro lugar.

Encontramos el enorme edificio de piedra blanca por la fachada del campanario y cabalgamos hasta el final del muro. Don Ordoño desmontó y me ayudó a bajar, luego mantuvo mi mano bien sujeta para impedirme huir.

Llamó a la puerta de la misma manera que lo había hecho en mi casa. Intenté doblar las manos mientras esperábamos para distraerme del terror, pero no pude moverlas en absoluto.

La puerta se entreabrió con un chirrido y una monja menuda vestida de negro nos miró con los ojos entrecerrados.

—Mi nombre es don Ordoño de Alquézar y tengo una novicia para vuestra abadía. Podéis decirle a la abadesa que es muy ordenada, y si necesita una dote, ganaré el torneo y donaré mis ganancias.

Me quedé con la boca abierta. La monja frunció aún más las cejas, gruñó y volvió a cerrar la puerta.

—¿Me habéis traído para meterme monja?

Era lo que siempre había querido, pero nunca lo creí posible. No era el horror a la violación y a la infamia que esperaba. Apenas podía creer que terminaría el día de una manera tan diferente a como comenzó.

—Es lo que quieres, ¿no? —preguntó el caballero.

—Es más de lo que me hubiera atrevido a pedir —dije sosteniendo la mano de don Ordoño entre las mías—. Es la segunda vez hoy que pagáis por mi vida.

—La primera compra fue indigna. La segunda espero que la compense —dijo asintiendo secamente. Parecía que quería pedir perdón, pero yo estaba tan paralizada por el asombro que no pude responderle.

La monja volvió a abrir la puerta, pero ahora para que

pudiéramos pasar. Mis ojos apenas captaban todo mientras nos conducía por una especie de patio, luego por un pasillo iluminado con antorchas a lo largo de la pared, y después por los pasillos de un claustro con incontables arcos adornados con fantásticas figuras y santos tallados. La monja se detuvo frente a una puerta del claustro y la abrió de golpe.

—La abadesa os espera —dijo.

Don Ordoño asintió con la cabeza a la monja y la monja se fue. Abrió la puerta de par en par, revelando lo que me pareció el estudio más magnífico del mundo. Una fila de cinco libros ocupaba el estante de la pared del fondo y avanzamos entre varias mesas con cofres y relicarios.

La abadesa, vestida con una túnica parda sin teñir, como para presumir de su humildad, nos miró desde detrás de un atril con un tintero y hojas, mientras escribía con la pluma. Cerca de la ventana, otra monja vestida de negro nos miró un instante, luego siguió copiando un manuscrito con iniciales doradas y muchos garabatos en los márgenes.

Don Ordoño hizo una reverencia y yo hice algo parecido, sin apartar la mirada de la abadesa. Esta dejó su pluma.

—Me han dicho que esta chica quiere convertirse en novicia. ¿Quién es?

—Su nombre es María, y no hay nadie con más deseo de servir a Santa María. Es muy devota, en demasía como para casarla con nadie —dijo don Ordoño.

—¿Y vos sois?

—Don Ordoño de Alquézar, su tutor. Es muy obediente y siempre mantiene la vigilia de Santa María los sábados.

—Excepto hoy —gruñó la abadesa.

—Abadesa, he traído a María hoy porque voy a participar en el torneo de las afueras de la ciudad que comienza el lunes.

Estoy seguro de que voy a ganar todos los premios y prometo mis ganancias como dote. No encontraréis ni siquiera a una condesa que pueda aportar mayores beneficios a esta abadía.

—Si es así —dijo la abadesa que salió de detrás del atril para mirar al caballero más de cerca—, y esperáis que la aceptemos ahora mismo, me temo que tendréis que darnos la dote ahora mismo.

Don Ordoño me miró, pero negué con la cabeza. Yo ya era pobre, sin haber hecho ningún voto.

—¿Sería suficiente una garantía? —le preguntó a la abadesa—. Sabéis que la promesa de un caballero es sagrada, y estaría dispuesto a dejarlo escrito.

—Me temo que no. No podemos aceptar promesas —dijo la abadesa. Miró ceñuda las manos del caballero, que estaban llenas de valiosos anillos.

La otra monja nos miraba absorta desde la ventana. Miré a mi alrededor, intentando averiguar si mi destino era pasar la noche en el campamento militar, después de todo, a falta de algunas monedas.

Don Ordoño suspiró. Se volvió hacia mí y sacó de su mano izquierda un anillo con un zafiro más grande que su pupila. Lo colocó con delicadeza en mi palma.

—Esta sortija con el color azul de la Madre de Dios me ha traído la fortuna durante muchos años. Que ahora te traiga suerte a ti.

Los ojos se me llenaron de lágrimas. Apenas podía creer su sacrificio. Me arrodillé ante la abadesa y puse el anillo en sus manos.

—Abadesa, por favor, aceptadme como novicia.

—Ella no os defraudará —dijo don Ordoño detrás de mí—. Y el torneo es esta semana. El próximo sábado tendréis una dote como nunca la habéis tenido.

La abadesa se puso el anillo en el pulgar, que estaba ligeramente torcido como el resto de sus dedos. Mirando la sortija y no a mí, puso la mano sobre mi cabeza y sentí el calor del largo día bajo el sol.

—Te acepto, hija María, como novicia en nuestra abadía, pendiente de recibir la dote prometida por tu tutor.

Me incliné y le besé las manos y don Ordoño hizo lo mismo. Me sobresalté con el sonido repentino de la campana de la iglesia.

—Es hora de la liturgia de Vísperas —dijo la abadesa.

—Por supuesto —dije recuperándome.

—Sor Catalina —dijo la abadesa, y la monja al atril dejó la pluma que había estado sosteniendo distraídamente—, por favor, acompaña a nuestra nueva novicia a la iglesia para las Vísperas. Don Ordoño, supongo que encontraréis la salida. Me reuniré con vosotras en la capilla en breve.

Los tres hicimos una reverencia y entramos al pasillo del claustro mirándonos confusos mientras las campanas dejaban de sonar. La monja tenía un rostro dulce y redondeado, y supuse que sería más comprensiva que la abadesa.

—Por favor, sor Catalina, llevadnos a la puerta principal y dejadme despedirme de mi tutor.

Ella miró hacia la puerta de la iglesia. Primero una monja, luego grupos de dos y tres, aparecieron por diferentes pasillos y entraron en la iglesia, lanzándonos miradas de soslayo.

—Está bien, pero tenemos que darnos prisa —dijo sor Catalina tomándome de la mano.

Corrimos por el pasillo y el patio, y rápidamente, sin darme tiempo a pensar qué decir, llegamos a la puerta principal. Sor Catalina levantó la tranca y el caballero y yo nos miramos frente a frente, uno a cada lado de la puerta. El caballo de don

Ordoño esperaba afuera, mordisqueando la maleza del borde del muro.

—Gracias —suspiré tomando su mano en la mía.

—No —dijo, retirando la mano—. No merezco ningún agradecimiento. Solo reza por mí para que pueda ser tan bueno como tú y los dos podamos conocer a la Reina del Cielo.

—Lo haré. No dudéis de ello.

Sonrió con cierta melancolía y levantó la mano que brillaba un poco menos sin el anillo sacrificado. No dejé que Sor Catalina cerrara la puerta hasta que don Ordoño montó y se alejó por la calle.

Me habría quedado allí un rato callada, reviviendo todo lo que me había pasado ese día, pero sor Catalina me tomó de la mano y corrió conmigo.

—¿Estás segura de que sabes dónde te estás metiendo? —preguntó en el pasillo—. La abadesa Blanche tiene fama de malhumorada. Seguro que hay otro convento cerca de donde vives.

Me detuve en seco ante un capitel con la Santísima Madre y su Hijo.

—Creo que Santa María me trajo aquí. Esta es la única forma de procesar en un convento como siempre he querido. Tengo el corazón lleno de agradecimiento por ello.

Me quedé en la parte trasera de la nave durante las oraciones de Vísperas y tomé buena nota de todo lo que hacían las monjas. Después, sor Catalina me mostró una celda ocupada por otra novicia. Teresa era hija de un duque y tres años menor que yo. No obstante, me alegré de que estuviera allí porque ya llevaba un año en la abadía, por lo que podría resolver mis dudas.

Teresa me prestó un hábito azul celeste de novicia hasta que pude tener el mío propio y me sujetó el cabello modestamente bajo la cofia. El pelo me tiraba, y mientras comíamos pan integral y sopa de verduras en el refectorio, movía la cabeza buscando algún alivio. Miré la larga mesa y a las monjas que allí estaban para alabar a Santa María como yo. Observé las vigas que sostenían el techo y la monja que leía en latín desde un púlpito pegado a la pared. Me preguntaba cuándo comería la lectora, pero sobre todo, anhelaba el día en que pudiera cortarme el pelo y terminar con esa incomodidad.

Una monja de la mesa principal me tocó el hombro y dijo que la abadesa preguntaba por mí. Dejé mi cuchara en el tazón de sopa y crucé el refectorio, notando todas las miradas sobre mí. Incliné la cabeza ante la abadesa Blanche.

—Descansa bien esta noche, María —dijo. Su mirada saltaba de mi incómodo tocado a mi hábito prestado y a mis manos—. Tendrás que ganarte el pan hasta que tu tutor nos entregue tu dote.

Asentí con la cabeza, sin saber si volver a mi lugar en el banco.

—Pero eso no significa que estés excusada de las oraciones —continuó—. Te recomiendo que te vayas a dormir justo después de Completas. Enviaré a alguien para que te diga lo que tienes que hacer antes de Maitines.

Antes de Maitines. Sabía que esa liturgia tenía lugar varias horas antes del amanecer. Con tantos pensamientos confusos, me preguntaba cuándo podría descansar. De hecho, apenas pude seguir lo que hacían las otras monjas durante Completas, incluso con la ayuda de Teresa.

De vuelta a nuestra celda, Teresa trató de ahuecar mi almohada, pero permaneció como una piedra en la cabecera de mi cama. Me acurruqué en el catre en completa oscuridad, preguntándome qué tareas me encomendaría la abadesa, qué hacía mi padre con su montón de monedas y, sobre todo, acordándome de don Ordoño, de su cambio de opinión tan milagroso, y de si volvería para pagar mi dote.

Traté de imaginarlo ganando el torneo. Su fuerza física y su confianza presagiaban su victoria, pero su sortija en el pulgar de la abadesa no se me quitaba de la cabeza.

No pegué ojo en toda la noche. Cada poco creía que amanecía. Una monja entró en la habitación con su vela de cera de abejas para despertarme, y cuando íbamos por el claustro, miré hacia un cielo negro, sin luz de luna.

La monja me ordenó que llevara cinco baldes llenos de agua del pozo a la cocina para que las cocineras prepararan el desayuno y luego que fuera a la iglesia para Maitines. Luego se fue, seguramente para ocuparse de sus deberes a esa hora de la noche. El ciprés, susurrando con la brisa y apuntando hacia Dios, fue mi única compañía mientras averiguaba cómo cargar con el cubo lleno y llevar una vela yo sola y además encontrar el camino a través de los pasillos.

En la cocina no había nadie más que un gato cazador, así que decidí echar el agua en el enorme caldero que probablemente usarían para hacer gachas. Me dolían los músculos de las piernas y los brazos cuando lo hice por quinta vez. Entonces las campanas sonaron llamando a Maitines. Teresa se puso junto a mí y me prestó su libro de oraciones porque ya se sabía las respuestas de memoria.

Noté el peso del pequeño tomo decorado.

—Eres muy amable —susurré—, pero de todos modos no sé leer.

—Oh —dijo. Cogió el libro y pasó a la página correcta señalando las figuras que representaban lo que estábamos cantando, pero apenas pude ver las ilustraciones a la luz de las antorchas en la pared.

Al final de las oraciones, Teresa me llevó a los corrales de la abadía, donde repartimos la repugnante comida de los cerdos, que desayunaban con avidez a la luz del amanecer con una energía envidiable. Teresa charló agradablemente conmigo a pesar de la hora y de mi torpeza para hacer mi parte. Ya era hora de Laudes cuando terminamos. Después de esa liturgia, la monja que nos había abierto la puerta a don Ordoño y a mí, lo que me parecía hacer un siglo, me dio un paño áspero y una pastilla de jabón indicándome que llenara un balde y fregara el piso de la iglesia.

No pude evitar suspirar mientras sacaba fuerzas para volver al pozo.

—La abadesa dijo que no parecías gran trabajadora —dijo la monja, mirándome por encima de la nariz.

¿De dónde habría sacado esa idea?

—Se equivoca —dije, y me apresuré en busca del agua.

La limpieza del piso de la iglesia se complicó por las continuas idas y venidas de las monjas que colocaban diferentes muebles, velas, platos y cálices para la siguiente liturgia. Algunas intentaban evitar las baldosas mojadas que ya había fregado, pero otras dejaban sus pisadas como si vinieran de arar del campo. Cada vez que me secaba la frente, la cofia se me descolgaba y tenía que colocarla nuevamente a tientas.

Estaba de pie en el ábside, paño en mano, pensando que tendría que rehacer mi trabajo desde el principio, cuando las campanas tocaron de nuevo para Prima. Se me iba la cabeza por el cansancio y el fuerte tañido hizo que se me doblaran las rodillas. Y en el momento que estaba fregando entre los asientos del coro, la abadesa entró en el ábside desde la nave.

—María —su voz resonó indignada—. ¿Es todo lo que has hecho?

Me paré y me arreglé el velo.

—He hecho lo que he podido, abadesa. Estaba yo sola para hacer todo el suelo, y todas pasaban por aquí.

—Tu tutor se equivocó contigo. Eres la peor novicia que hemos tenido.

Me dio un golpe en la muñeca y sus anillos me hicieron daño, aunque noté que su pulgar estaba desnudo.

—Ve y reza con sor Berenguela. Quizás ella pueda corregirte un poco.

Se acomodó en su cátedra detrás del altar mientras yo llevaba mi balde y mis trapos a la sacristía para salir corriendo al encuentro de Teresa.

—¿Quién es sor Berenguela? —le pregunté.

Teresa señaló a una monja alta vestida de negro en medio de la nave. Pareció notar que estábamos hablando de ella porque nos miró. Me encogí ante su mirada severa, pero sabía que no podía desobedecer a la abadesa y que tuviera mala opinión de don Ordoño. Sorteando a las otras monjas llegué a su lado.

—¿Sor Berenguela? La abadesa Blanche manda que me quede con vos —dije, de cara al altar.

—¿Eres la novicia torpe?

—Mi nombre es María —murmuré. Su recibimiento no invitaba a más charla, así que pasé las oraciones tratando de no llamar la atención. Al terminar, sor Berenguela no me invitó a seguirla, pero no me separé de su lado y, afortunadamente, terminamos en el refectorio para desayunar.

Tragaba la papilla con la esperanza de recuperar algo de mi devoción a Santa María o al menos de despertarme un poco. Pero los grumos insípidos parecieron adormecerme aún más. Los párpados se me cerraron, y cuando los abrí de nuevo sentí la mirada fija de sor Berenguela sobre mí. De alguna manera, no parecía tan crítica como la abadesa. Quizás solo sentía curiosidad por mí.

—Sor Berenguela, ¿qué vamos a hacer hasta Tercia? —pregunté de la manera más humilde. Parecía poco probable que esta monja, con arrugas alrededor de los ojos, boca fruncida y aires de nobleza, pasara el resto de la mañana fregando pisos conmigo.

—Tengo que supervisar que hagas el trabajo más duro en el jardín.

—¿El jardín? —dije, dejando chocar mi cuchara contra la mesa—. Mi madre tenía un jardín. Me encantaba trabajar allí con ella. El olor de la tierra, los insectos que zumbaban. Procurando que las plantas crecieran. ¿Qué tipo de cosas cultiváis?

—La abadía tiene verduras, hierbas y plantas medicinales para nuestro uso y para cuando la gente del pueblo necesita nuestra ayuda.

—Estoy impaciente por verlo —dije, llevando las manos al corazón.

Otra monja al otro lado de la mesa me hizo callar. No creía que hubiera levantado la voz. Pero no importaba porque sor Berenguela me sonreía; y no parecía un gesto habitual en ella.

Miró hacia el púlpito donde la monja leía en latín. Esta vez yo no había notado el zumbido de la voz, y mucho menos que la lectura se hubiera acabado.

—¿Terminaste? —dijo sor Berenguela—. ¿Nos vamos ya?

Me levanté del banco, extendí la mano y ella me guio más allá de donde Teresa y yo habíamos dado de comer a los cerdos, a un gran recinto exuberante con hojas verdes de todas formas y tamaños. Era difícil creer que hubiera tanta tierra al otro lado del muro de piedra que crucé el día anterior desde las calles embarradas de la ciudad, llenas de carros y caballos.

Sor Berenguela hizo un gesto hacia los campos lejanos.

—Tenemos trigo y centeno con los que la abadesa probablemente te obligará a trabajar en algún momento, pero por ahora, nos quedaremos aquí.

El velo comenzó a ser de utilidad ya que me protegió del sol naciente y del calor que aumentaba a lo largo de las horas arrodillada en el jardín. Sor Berenguela me mostró las diferentes hierbas y arrancó algunas para que los cocineros las usaran en la comida del mediodía. La sorprendí al saber que la borraja, con sus bonitas flores azules, podía ayudar a enfriar los humores.

—Mi madre me lo enseñó una vez cuando mi papá tenía fiebre.

—¿Viviste mucho tiempo con tus padres? La abadesa Blanche me dijo que llegaste con un tutor.

—Recuerdo bien a mi madre —balbuceé—. Me fui con don Ordoño cuando ella murió.

—Cuanto lo siento —dijo Sor Berenguela, dándome palmaditas en la mano. Las dos estábamos llenas de suciedad en ese momento—. No es fácil crecer sin una madre.

—No —dije, y aunque ya era mayor, mi madre se acababa de ir al cielo pocos meses antes y comencé a llorar.

Sor Berenguela me ayudó a ponerme en pie y me abrazó.

—Has tenido la gran suerte de llegar a esta abadía, donde rezamos a la Madre de Dios todos los días. Ella te aceptará como su hija y ya no serás huérfana.

Su amabilidad desató más lágrimas. Mi cuerpo liberó sus dolores físicos en una inundación que pensé que nunca se detendría. Sor Berenguela se dedicó a su trabajo en el jardín y me dejó sentarme a la sombra de un arbusto en flor y llorar.

Mi pena se agravó al pensar en lo mucho que echaba de menos a mi madre y en la forma en que mi padre se comportó después de su muerte. Parecía haberse ahogado en lágrimas y no saber lo que estaba haciendo cuando me vendió. No podía odiarlo ya que don Ordoño se había mostrado tan generoso. Y ahora me encontraba, debido al inexplicable comportamiento de estos dos hombres, en el lugar donde siempre había querido estar. Hasta ahora era más una pesadilla que un sueño hecho realidad. Pero don Ordoño me demostró compasión y Teresa hacía todo lo posible por ayudarme. Ahora sor Berenguela me sorprendía con su amabilidad inesperada. Quizás todo saldría bien. Sentí que había vivido siglos en el transcurso del último día.

Respiré hondo. Ya no lloraba. Me puse de pie.

—Gracias —le dije a sor Berenguela, que tenía su canasta llena de remolachas, melones, pepinos y zanahorias de diferentes colores.

Señaló con la mano al otro extremo del jardín para que yo fuera con ella.

—Mira aquí —dijo. Contra la pared, en la esquina, una planta con espinas exhibía los restos de flores de un rojo vivo con cinco pétalos. Hubiera conocido la fragancia en cualquier lugar.

—Rosas —suspiré, inclinándome para oler.

—No las comemos, así que la abadesa puede dudar de su utilidad, pero tal vez podríamos empezar a hacer perfumes y agua de rosas para los ricos que visitan al convento. Cuando la abadesa descubra que están aquí, solo le diré que las necesitamos porque son la flor de Santa María.

—Rosa de todas las rosas, flor de todas las flores —canté.

—¡Cielos! —dijo Sor Berenguela—. Tendremos que meterte en el coro.

Llevamos la canasta llena a la cocina y las monjas que cocinaban la recibieron con entusiasmo. Sor Berenguela me dio más importancia de la que merecía por conocer las remolachas y las zanahorias que estaban listas para arrancar. Durante la liturgia de Tercia escuché con atención. No entendía el latín, pero fue bastante fácil distinguir el nombre de la Virgen Gloriosa, que también era mi nombre.

Antes de que tuviera tiempo de decirle a alguien que por fin sentía que estaba en el lugar adecuado, otra monja de aspecto hosco me llevó al bosque a recoger y cortar leña. Solo había visto a mi padre hacer ese trabajo, así que sabía que tenía que ser duro, pero era peor de lo que imaginé. Me agachaba y levantaba pesados troncos, hasta me salieron ampollas en las palmas de las manos usando el hacha para talar los árboles.

La monja no me ayudó, solo me dijo lo que tenía que hacer y que lo hacía mal. Mi cuerpo, agotado, se adormeció. No me atrevía a comparar mis tareas con el sufrimiento de Nuestro Salvador, pero aun así, no pude evitar preguntarme cuándo terminaría la tortura. ¡El sol cruzaba el cielo tan lentamente! Al menos esta monja me permitió quitarme el velo, lo que ayudó a que los brazos, casi insensibles, se movieran más libremente.

Terminé de cortar y comencé a cargar la madera en un carro que probablemente tendría que llevarme de regreso a la cocina.

—¿Por qué los monjes del otro lado de la abadía no ayudan con esto? —pregunté jadeando—. Seguramente sería más fácil para ellos, y no cometerían tantos errores como una novicia como yo.

De súbito, rompió una rama del árbol donde estaba sentada y me golpeó en el trasero. Grité ante su escozor, tan diferente a mis otros dolores.

—La abadesa dijo que no eras buena.

Permaneció a mi lado, meneando la rama en una amenaza muda.

Entendí que no iba a poder compartir mis pensamientos con esta monja. Apenas había visto a la abadesa y, sin embargo, parecía tener los ojos puestos en mí en todo momento. Recé para que las campanas tocaran a Sexta. Cuando al fin sonaron, hice una reverencia en lugar de decir algo que pudiera provocarla.

Me dirigí al pozo antes de la liturgia con la intención de lavarme un poco, pero el mero roce de la cuerda en mis ampollas casi me hizo gritar. Temblé mirando mis manos destrozadas, hasta que sor Catalina me vio y me hizo señas para que entrara a la iglesia. Me coloqué entre Teresa y ella y recé egoístamente, pidiendo fuerzas para resistir.

Durante la comida del mediodía dejé que el velo me cubriese la cara procurando que la mirada de la abadesa Blanche no se posara en mí. Engullí el pan y las verduras al ritmo de la lectora y me asusté un poco cuando sor Catalina me dio un golpecito en el hombro.

—Ahora vienes conmigo. Necesitas aprender a leer.

No acababa de saber lo que quiso decir, pero me sorprendió terminar en el estudio donde don Ordoño le había regalado a la abadesa su anillo de zafiros. Mi mirada recorrió la habitación, pero la abadesa Blanche no estaba. Sor Catalina ocupó su lugar detrás del atril en el que había estado trabajando el día anterior mientras yo miraba sin comprender.

—Sor Berenguela me dice que tienes talento para la jardinería y una buena voz para cantar. Darte tiempo para aprender la liturgia y ensayar con el coro reduciría tu trabajo del día a cambio de utilizar tus verdaderos talentos para alabar a Dios y a Su Madre, pero creo que tendremos que esperar un poco para proponérselo a la abadesa Blanche. Por ahora, sor Berenguela le va a decir que te portaste muy mal y que debes ser castigada con muchas horas en el jardín.

Tomé su mano manchada de tinta y la besé.

—Gracias. Es muy importante para mí trabajar en el jardín.

—Me alegro. Aquí aprenderás a leer. Hay muchos libros que tratan de las plantas que Dios quiere que cuidemos. La lectura también te ayudará a recordar las melodías cuando cantes en el coro.

En un largo trozo de pergamino que parecía recortado de una hoja mucho más grande, sor Catalina dibujó la palabra «pater». Pronunció la palabra y cada una de las letras, y yo repetí hasta que se quedó satisfecha. La siguiente palabra fue «noster» y disfruté encontrando las mismas letras usadas en una palabra diferente. Fue como magia. Después de varias palabras, me di cuenta de que estaba escribiendo el Padrenuestro.

—¡Oh! ¡Enséñame a leer el Ave María! —exclamé.

Sor Catalina se rio entre dientes.

—Lo haremos bastante pronto. Pareces una alumna lista.

La abadesa Blanche apareció en el umbral. Su presencia puso fin a nuestra tranquilidad.

—¿Una alumna lista? —dijo, deslizándose hacia su escritorio—. ¿Nos hemos convertido en una escuela gratuita para mozas delincuentes?

Me irritaba lo injusto de su trato y estaba a punto de protestar, pero afortunadamente, las campanas sonaron para Nona. Sor Catalina y yo saludamos a la abadesa con la cabeza y nos dirigimos a la iglesia.

Durante la liturgia, sor Catalina me mostró las oraciones que teníamos que decir y busqué las letras y palabras que acababa de aprender. Fue una buena distracción, ya que de esa manera no tuve que mirar a la abadesa, que presidía el altar mayor.

Después, una de las monjas que siempre acompañaba a la abadesa me dijo que me pusiera a limpiar, esta vez empezando por el claustro. Mis músculos se tensaron dolorosamente al recoger el balde casi vacío, pero cuando lo saqué lleno del pozo y me di la vuelta, vi que había otras monjas con trapos de limpieza esperando para llenar también sus baldes. Me contaron su estrategia para terminar el claustro y todos los pasillos a tiempo para Vísperas. Como teníamos tiempo entre las liturgias y buen ánimo, lo hicimos con tiempo suficiente para asearnos y descansar tranquilamente en el claustro unos minutos. Si la abadesa pensaba que esto me castigaría, tendría que pensar en otra cosa.

Después de Vísperas encontré a Teresa y cenamos juntas casi en silencio porque estaba agotada. No me conmovió la liturgia de Completas, apenas oí nada. Después, me derrumbé en mi catre, estaba segura de que me quedaría dormida al instante a pesar de que mis dolores se agravarían sobre tan duro jergón. Teresa eligió ese momento para decirme que había encontrado algunos trozos de tela azul.

—Deberíamos empezar por lo menos con tu hábito. La abadesa no dejará que te las arregles con ese por mucho más tiempo.

Dejó la tela, un poco de hilo y una aguja en mi regazo. Con tan poca luz, no sabía qué pieza encajaba y dónde. Después de un momento, volví a doblar los retales.

—Habrá una forma más sencilla de hacer un hábito de novicia —dije. Un gemido se me escapó desde el fondo de mi pecho.

Teresa me recogió los materiales y los colocó sobre su cama.

—Hilvanaré las piezas para que puedas ver cómo se hace —dijo antes de que yo perdiera el conocimiento.

Durante los días siguientes, robé horas de luz cada vez que terminaba con una tarea para coser mi hábito. Lo cosí rápidamente. La abadesa Blanche no pareció notar la diferencia cuando empecé a usarlo el jueves por la mañana, lo que tomé como una señal de aprobación.

Además de las mismas tareas del primer día, trabajé con cabras, que se complacían mucho en patearme y morderme, y en los hornos de pan, que aunque estaban al aire libre, daban un calor infernal. Procuraba que ninguna monja se quemara y desarrollé la habilidad de sacar los panes en el punto justo según su posición en el horno.

El jueves al mediodía, la abadesa elogió un pan de centeno especialmente exitoso. Al escuchar sus palabras, me volví en el banco para observar la mesa de la abadesa.

—Es maravillosamente crujiente y suave por dentro, ¿no? —dijo la monja favorecida a su derecha—. Lo hizo la nueva novicia, María.

La abadesa Blanche hizo una mueca. Parecía no saber si escupir el bocado o engullirlo. Me miró fijamente y finalmente tragó.

—¡María! —su voz resonó en las paredes. La lectora abandonó su sonsonete.

Me paré y me dirigí a la mesa principal. Sin palabras, la abadesa me agarró del brazo y se dirigió conmigo a su estudio. De todos modos, era adonde tenía que ir a continuación para mi lección, así que tenía alguna esperanza de que sor Catalina llegara enseguida.

—¿Dónde está ese tutor tuyo? —dijo la abadesa rebuscando entre los estantes—. Empiezo a creer que quería deshacerse de ti y dejarte aquí sin pagar ninguna dote.

—Creo que el torneo dura una semana y todavía no llevo aquí siete días —tuve tiempo de decir.

La abadesa encontró lo que buscaba: el palo largo con el borde limado para imprimir líneas rectas en una hoja antes de escribir el texto. Dio un paso deliberado hacia mí y yo retrocedí inconscientemente hacia el otro atril.

—¿No valió la sortija de zafiro al menos por una semana? —supliqué. Sabía en mi corazón que don Ordoño cumpliría su promesa, pero de nada serviría si la abadesa se cobrara la dote en mi carne antes de que él volviera.

Lanzó su mirada al cofre de la mesa. No pudo resistirse a abrirlo para contemplar el anillo y sus otros tesoros. Miré la puerta, preguntándome si podría escabullirme, pero entró sor Catalina.

—Abadesa, tenéis que asistir a esa reunión con el obispo —dijo con una reverencia.

—Gracias por recordármelo, sor Catalina —dijo la abadesa Blanche frunciendo los labios. Cerró el cofre con un suspiro. Volvió a colocar la regla en el estante y nos dijo que siguiéramos antes de irse.

Abracé a sor Catalina, intentando evitar que el miedo me saliera a raudales.

—¿Soy tan mala?

—Claro que no —dijo sor Catalina, acariciando mi velo como mi madre solía acariciarme el pelo—. La abadesa Blanche proviene de una familia muy noble y tiene problemas para guardar el voto de pobreza obligatorio para ingresar en nuestra orden.

Me apartó de ella para mirarme a los ojos.

—Tu tutor volverá pronto, ¿no es así?

Limpié mis lágrimas e inhalé profundamente.

—Tan pronto como termine el torneo. No lo dudéis.

Seguí esforzándome en cada tarea, pero en los hornos, por ejemplo, les dije a las monjas que sería mejor no mencionarme a la abadesa, ni siquiera para elogiarme. Teresa me ayudó a empezar otro hábito para cuando necesitara lavar el primero. Mis músculos se iban acostumbrando al trabajo más duro al que me sometía la abadesa, y durante los oficios nunca perdí la oportunidad de rezar para que don Ordoño me sacara pronto del purgatorio terrenal de soportar a la abadesa. Toda la abadía murmuraba sobre lo que le había sucedido a mi tutor o si realmente cumpliría su promesa, y tuve que repetir en los pasillos y en el claustro:

—Por supuesto que cumplirá.

El domingo por la noche, me pareció que llevaba en la abadía más de un año. Estaba especialmente cansada porque había asistido a las liturgias de la Vigilia de medianoche de Santa María la noche anterior. Si no tuviera que estar pendiente de evitar a la abadesa Blanche, me habría sentido más como en mi casa, alabando a Santa María tal y como mi madre me enseñó. Me fui a dormir preguntándome si el dinero que cobró mi padre por mí le había mejorado su estado de ánimo o, más probablemente, lo había hundido aún más.

Soñaba con estar al aire libre, en un campo abierto no muy diferente al jardín de mi madre cuando don Ordoño apareció. Una bola de luz blanca cayó del cielo y creció en el horizonte hasta hacerse del tamaño de un ser humano. Se dirigía hacia mí plácidamente, y quise correr hacia ella, pero mis pies no podían levantarse de la hierba llena de flores silvestres marchitas.

Finalmente, la luz se desvaneció y la Madre de Dios se paró frente a mí. Me cogió de la mano.

—El destino de ese caballero no es temible, porque ahora vive una vida perfecta y santa.

Parecía que su voz tenía el poder de poner imágenes en mi mente, porque vi a don Ordoño en el banquete celestial con todos los santos. Mi corazón se llenó de alegría de verlo allí, pero también de pena por mí, porque sabía que estaba muerto y nunca podría traer mi dote.

—Debes entregar mi mensaje a la abadesa sin falta —continuó la Virgen Gloriosa—. Ella debe ir al lugar donde lidiaron los caballeros, porque en ese lugar mataron y enterraron a ese hombre y lo sacaron de esta vida amarga y penosa. Reconocerá el sitio porque verá florecida una hermosa rosa.

En mi mente, una sola rosa roja floreció en un montículo solitario que debió estar cerca de los terrenos del torneo. Gotas de rocío brillaban sobre los pétalos a la luz del sol de la mañana. Los enemigos de don Ordoño lo mataron y se deshicieron de su cuerpo de manera impía, pero Santa María marcó el lugar con su rosa para que la abadesa pudiera encontrarlo y darle un entierro adecuado en nuestro convento.

—No debe oponerse, sino acudir con alegría —dijo la Reina de Merced.

Desperté. Sentía los latidos de mi corazón por todo el cuerpo. Estaba convencida de que no llevar el anillo de zafiro, le había costado a don Ordoño la victoria y provocado la traición de sus enemigos. Había muerto por mí. Me preocupaba que su muerte significara que yo tendría que abandonar la abadía, pero no me correspondía desobedecer una orden directa de la Reina del Cielo. Debía entregar su mensaje, costara lo que costase.

Cogí mi hábito en la oscuridad y me lo puse sobre la camisola, pero no encontré el velo ni la cofia.

—¿A dónde vas? —dijo la voz de Teresa cuando cerré la puerta de nuestra celda detrás de mí.

Había poca luz en los pasillos, e incluso cuando encontré las columnas del claustro, no iluminaba la luna para mostrarme el camino. Una antorcha agonizante en la pared exterior de la iglesia actuó como faro hasta encontrarme con la puerta cerrada del estudio de la abadesa Blanche.

Me apoyé contra la pared y me deslicé hasta el suelo para esperar. No pasaría mucho tiempo hasta Maitines, y la abadesa probablemente se detendría en su estudio para encontrar el himnario adecuado o para manosear sus tesoros. No me atreví a buscar su celda. Estar allí fuera de mi horario, sin mi velo y sin haberla mirado a los ojos durante varios días, probablemente fuese suficiente para provocar su frenesí castigador. Tenía que acordarme del mensaje exacto de la Santísima Virgen. Debía permanecer despierta y entrevistarme con la abadesa, ya que el poder de la Reina Celestial me daba fuerzas.

Me desperté cuando la abadesa Blanche me dio una patada en el estómago.

—¡Esperad! —grité por encima del último tañido de campana—. Tengo un mensaje importante para vos de la Virgen Madre. ¡Tiene noticias de don Ordoño!

—¿Santa María te habló?

Aunque su rostro estaba ensombrecido por la luz tenue de la mañana detrás de ella, el escepticismo de la abadesa era evidente.

—Me tomó de la mano y me dijo que asesinaron a don Ordoño y lo enterraron cerca del campo del torneo —dije. Me senté y permanecí de rodillas, cruzando las manos para suplicar humildemente—. Tenéis que desenterrarlo y traer su cuerpo aquí para un entierro honorable. Lo encontraréis en un montículo con la rosa roja de Santa María florecida, a pesar de que la temporada de las rosas ya ha pasado.

—¡Quién hubiera escuchado o visto tal cosa! ¿Te crees que soy tonta? No iré allí solo porque tú lo digas.

—La Madre de Dios me dijo que tenéis que ir, y con alegría.

—Mientes. Ve a ponerte la cofia y el velo antes de que te vuelva a patear —dijo dándome un golpe con el pie. Introdujo la llave en la cerradura—. Y no llegues tarde a Maitines.

Tropecé por el claustro y los pasillos llenos de monjas que se reunían para Maitines. Llegué a la puerta de mi celda, pero antes de que pudiera abrirla para coger el tocado, Santa María apareció ante la puerta y me agarró de los hombros. Sentí sus dedos como garras de un halcón y sus ojos ardían con fulgor celestial.

—Vuelve con esa abadesa atrevida, altiva y desdeñosa e infórmale que sé de los graves pecados mortales que ha cometido.

Las monjas desfilaron a nuestro alrededor como si la Madre de Dios no estuviera allí.

—La abadesa irá a una terrible condena porque ha cometido graves pecados como una miserable —dijo Santa María y desapareció.

Por mi mente se cruzaron imágenes de pecados abominables de la carne que hubiera preferido no contemplar nunca. Me quedé allí, inmóvil, hasta que pasaron todas las monjas. Luego recogí la falda de mi hábito, corrí por el pasillo y atravesé el claustro.

La abadesa estaba cerrando la puerta de su estudio. Me deslicé por el piso pulido y me arrodillé suplicante.

—¿Qué haces, malvada, sin tu velo? —dijo e intentó apartarme, pero me mantuve firme.

—Santa María tiene otro mensaje para vos —susurré, sin atreverme a mirar a la abadesa a los ojos.

—¿Sigues con esas tonterías? —se burló la abadesa Blanche.

Pronuncié las palabras a pesar del miedo que me cerraba la garganta.

—La Reina del Cielo dice que sabe que no solo no cumplís vuestro voto de pobreza, aceptando monedas y joyas que guardáis en vuestras arcas para vuestro propio beneficio, sino que también rompéis vuestro voto de castidad con el sacristán del otro lado de la abadía mientras el resto de nosotras trabajamos.

La abadesa me arrojó violentamente al rincón, pero luego se quedó en silencio.

—Si no encontráis a don Ordoño para traerlo aquí, Santa María os mostrará su disgusto —le dije, no para amenazarla, sino porque sabía que así sería.

Me miró como si nunca me hubiera visto antes. Se alejó por el pasillo con paso vacilante y aceleró al llegar al extremo del claustro. No tuve que preguntar. Sabía dónde se dirigía.

Corrí a través de la iglesia, recogiéndome el pelo al entrar en la sacristía. Varias monjas que esperaban a la abadesa me miraron expectantes. Caí de rodillas.

—La abadesa tiene un encargo urgente. No vendrá a Maitines —susurré con las manos entrelazadas.

—Muy bien —dijo una monja que puso su mano en mi hombro para que me pusiera de pie. Las otras monjas se dirigieron al altar principal, y la que había hablado sacó un paño de uno de los cajones más pequeños y me tapó la cabeza con él—. Después de las oraciones, y antes de ayudar en la cocina, busca tu cofia y velo y arregla tu cabello correctamente.

Me dio una palmadita en el trasero como si fuera una niña traviesa y me marché agradecida al encuentro de Teresa. Me sabía de memoria las oraciones de Maitines y, a pesar de ello, disfrutaba de la liturgia. Me avergoncé al descubrir lo poco que echaba de menos a la abadesa.

La abadesa Blanche no llegó a tiempo para Laudes, ni Prima, ni al desayuno. Después de haberle contado a sor Berenguela lo sucedido, y cuando regábamos el apio, apareció sor Catalina en la puerta del jardín, sin aliento.

—La abadesa ha vuelto de su recado y quiere que nos reunamos todas en el patio —dijo marchándose sin esperar a que nos limpiáramos las manos de la tierra del jardín.

El centenar de monjas de la abadía abarrotaba el patio. Me colé entre las hermanas para ponerme en primera fila pues la abadesa parecía hablar como si estuviera dando el mejor sermón.

—Era tal como lo había predicho Santa María: una sola rosa roja en plena floración, reluciente con el rocío de la mañana, en lo alto de un montículo sin otras flores. Un lugar de descanso solitario e inapropiado para alguien tan favorecido por la Virgen Madre. Fui a la ciudad, donde estaban montando el mercado. Con la ayuda de un granjero desenterré al caballero y lo traje en la carretilla para ser enterrado con honores.

Un murmullo de asombro se extendió en la comunidad.

—Pero, ¿cómo sabíais lo que dijo Santa María? —preguntó inocentemente una monja que yo aún no conocía—. ¿Os lo dijo ella misma?

La boca de la abadesa se contrajo buscando las palabras que bordearan la línea entre la falsedad y la verdad, pero no encontró ninguna. Su mirada se posó en mí, seguramente sin querer.

—¿La nueva novicia? —dijo la monja interrogante.

Sor Berenguela se abrió paso entre la multitud desde la parte de atrás y declaró:

—¡Sí! María me contó todo sobre su visión de la Santísima Virgen y sus instrucciones a la abadesa.

Todos me miraban y me encogí de hombros humildemente, incapaz de pensar.

—¿Dónde está el cadáver? —preguntó sor Catalina.

—Con el granjero, en la morgue —dijo la abadesa.

Todo el grupo de cien monjas entró en el pasillo y salió por la parte trasera de la abadía hasta el pequeño edificio donde se preparaban los cuerpos antes de colocarlos en sarcófagos. No entré al edificio, sino que esperé con Teresa y sor Catalina a que un par de monjes del otro lado de la abadía llevaran a don Ordoño sobre una tabla.

Una liviana tela de lino cubría todo su cuerpo, pero se conocía la forma del hombre que casi me deshonró pero que luego hizo todo lo posible por redimirme. La tela perfilaba su nariz y se hundía sobre sus párpados. Mi corazón se encogió al ver la cáscara inútil que contrastaba tan espantosamente con la imagen que me había mostrado Santa María de don Ordoño sano y alegre en el banquete celestial.

Colocaron el cuerpo con cuidado en un sarcófago de mármol digno de un rey. El abad rezó muchas oraciones en latín y seis monjes cantaron lo que yo suponía que era una oración por el alma de don Ordoño. Con un sistema de cuerdas y poleas y mucho músculo, los monjes colocaron una losa de mármol sobre la parte superior del sarcófago. Allí se quedaría don Ordoño hasta convertirse en huesos. Decidí colocar rosas rojas encima de esa piedra cada vez que estuvieran en flor. Muchos años después, cuando los huesos fueran trasladados a un nicho, seguiría poniendo rosas junto a don Ordoño, el resto de mi vida, conmemorando su noble sacrificio por mí.

Unos días después, paseaba por el claustro, fuera de la sala capitular, mientras las monjas más nobles de la abadía decidían mi futuro. Escuchaba murmullos a través de la ventana arqueada. Sor Catalina y sor Berenguela me defendieron apasionadamente contra la única objetora, la abadesa Blanche. Solo ella era capaz de negar lo evidente.

Finalmente, el consejo salió de la sala capitular. Cada una tomó mis manos y dijo cosas como «Felicidades», o, si habían trabajado conmigo, «Te lo mereces».

La abadesa no se detuvo, sino que asintió con la cabeza en silencio. Estaba segura de que ya no podría amenazarme en esta abadía. Estaba muy contenta cuando sor Catalina y sor Berenguela cerraron la puerta de la sala capitular detrás de ellas.

Sor Catalina me abrazó y luego fue el turno de sor Berenguela.

—Se ha decidido que no eres una novicia cualquiera —dijo Sor Berenguela—. Tu dote se considera pagada con el anillo de zafiro, que pronto lucirá en la mano de la imagen de Nuestra Señora en el altar mayor.

Exhalé un suspiro de felicidad y recordé el zafiro cuyo color coincidía perfectamente con los ojos de la imagen.

—Y como eres una novicia extraordinaria —dijo Sor Catalina—, el concilio ha decidido que dediques más tiempo a la contemplación para que pongas tus poderosas oraciones a trabajar por el bien de la abadía y de toda la cristiandad. Se te permitirá elegir los trabajos que menos interfieran con tu propósito divino.

—¡Oh! —grité. El ruido hizo un eco cómico en las columnas y los arcos—. Elijo pasar más tiempo cerca de la Madre de Dios en su jardín con sor Berenguela y pasar el resto de horas con vos, sor Catalina, para que me ayudéis a escribir mi historia y así todo el mundo conozca este milagro.

—Y además —continuó sor Berenguela—, dado que tienes esa conexión con Santa María, vamos a dejar que la Reina del Cielo decida cuándo puedes hacer tus votos y convertirte en monja de esta abadía. Avisa cuando ella te lo diga.

Sor Berenguela me guiñó.

Me reí con toda mi alma. Tenía la sensación de que sería muy pronto.

La venganza adecuada

Cantiga 207

Zamora, siglo XIII

Fortún se detuvo en el umbral de piedra dorada de su iglesia, Santa María la Nueva, y cogió a su esposa de la mano. Aminta dejó caer el borde de la saya al suelo cubierto de paja y pasaron por debajo del arco de herradura para sumergir las manos en el agua bendita y santiguarse. Mientras sus ojos se acostumbraban a la luz de las velas, Fortún escudriñó la multitud reunida para la misa matutina en busca de alguna señal de su hijo.

El chico, bueno, ya era un hombre, nombrado caballero dos años antes después de tres campañas exitosas contra los benimerines de África, a veces trasnochaba, pero siempre asistía a la misa matutina, sin importar qué juerga o alboroto hubiera tenido que abandonar.

—¿Dónde está Pedro? Estaba segura de que ya estaría aquí —dijo Aminta—. Es aún más devoto de la Santísima Virgen que nosotros.

—Llegará pronto —dijo Fortún, aunque lo que quería era registrar toda la ciudad hasta encontrar a su hijo.

Quizás Pedro sonreiría avergonzado por su tardanza y le regalaría a su padre una canasta llena de truchas que había pescado. O después se encontraría con Pedro en la calle, llevándose a casa un caballo que había ganado jugando a las cartas en la taberna. Pero no, Pedro no se perdería la misa de Santa María por una tontería semejante. Dos semanas, en toda su vida, se había quedado en casa en vez de acudir a Santa María la Nueva, y fue porque se rompió una pierna durante el adiestramiento. Tan pronto como pudo abrirse paso con una muleta, allí estaba, en primera fila, medio arrodillado torpemente, pero con toda la devoción que le habían enseñado sus padres.

Era extraño estar entre los demás fieles y mirar las paredes pintadas de azul y rojo con escenas de la vida de Santa María sin Pedro. Señores y campesinos miraban abiertamente a la pareja, asimilando la ausencia evidente, hasta que el sacerdote salió de la sacristía y dirigió las primeras oraciones. Fortún miró hacia atrás para ver si tal vez Pedro se había colado dentro de la iglesia. No lo había hecho, y su padre tropezó en su camino al altar para tomar la comunión.

Con un suspiro, Fortún contempló la imagen de Santa María que presidía el altar. Su expresión plácida emanaba una luz que calentó su corazón y le dio la fuerza para volver a su lugar en la parte delantera de la nave. Cuando Aminta se unió a él, le apretó la mano.

—Lo encontraremos después de la misa —susurró Fortún. Las voces del coro resonaron en las paredes y llenaron sus oídos, pero ella le dedicó una sonrisa nerviosa para demostrar que lo había escuchado.

No se detuvieron después a charlar con sus vecinos. Acababan de abrir la puerta de la iglesia, cuando vieron al hijo del curtidor corriendo calle arriba hacia ellos.

—Don Fortún, doña Aminta, venid rápido. ¡Pedro está al pie de la iglesia del barrio de Olivares!

Las piernas desgarbadas del chico lo llevaron de regreso por donde había venido.

—¿Qué quieres decir? —le gritó Aminta.

Giró su cabeza en la entrada de la calle Carniceros y gritó:

—¡Le han herido! ¡Venid rápido!

Fortún tomó la mano de Aminta y siguieron al chico. El hedor de las carnicerías los asaltó tan pronto como dejaron la plaza de la iglesia para entrar en la calle que tenía forma de túnel. Fortún se sorteó las mesas y carritos. Le salpicaba la basura roja del suelo. No veía nada, no podía imaginarse lo que le había pasado a su hijo. Su esposa luchaba por no tropezar, sujetando sus faldas entre el río de sangre y huesos rotos.

—Adelante —dijo Aminta—. Te seguiré como pueda.

Fortún se precipitó calle abajo, pasando a los carniceros e incluso al hijo del curtidor. Corrió a través de la ancha muralla de la ciudad en la Puerta de San Martín y bajó la pendiente sin tropezar. Corrió ya sin obstáculos por los campos debajo de la ciudad, pegado a la curva de la muralla que se iba elevando cada vez más por encima de él. La distancia nunca le había parecido tan grande, a pesar de su prisa. Cuando el castillo se levantó ante él, se preguntó si su corazón se rendiría. Entonces deseó que lo hubiera hecho.

Mejor hubiera sido morir para no ver el cuerpo poderoso de Pedro tendido en el suelo como un desecho, incapaz de defenderse de los cuervos que daban vueltas amenazadoras sobre él, cayendo entre los edificios con su graznido siniestro. Los brazos de Pedro estaban extendidos a los costados, su cabello oscuro enmarañado con sangre. Su mandíbula colgaba abierta como si se hubiera inmovilizado ahogada por falta de aire.

Fortún se arrodilló ante la cabeza insensible de su hijo y sintió que la sangre de Pedro le empapaba las medias. La túnica de Pedro era una tela floja hecha jirones. Sus ojos, que habían visto la alegría de su madre, el orgullo de su padre, tantos enemigos fuertes y tantas bendiciones de la Virgen María, miraban hacia arriba, sin ver. Fortún puso su mano sobre el rostro de Pedro y cerró los párpados inútiles.

El hijo del curtidor llegó corriendo.

—¿Herido? —gritó enfurecido Fortún—. ¿Es esto lo que llamas herido?

Se abalanzó sobre el chico y lo agarró por el cuello, sacudiéndolo.

—Mi Pedro está muerto. ¡Muerto! ¿Quién hizo esto? ¿Viste quién lo hizo? ¡Dime!

—¡No fui yo! —dijo el chico soltándose de su agarre—. Solo llegué a tiempo para ver a Blas, el caballero de Toro, huyendo.

—En qué dirección . . . —empezó a decir Fortún, pero un grito procedente de la calle le desgarró los oídos—. ¡No, Aminta, cariño, no mires!

Se tambaleó hacia su esposa para tomarla en sus brazos, pero ella lo apartó de su camino. Se inclinó sobre su hijo y le besó la cara, cubriéndola de lágrimas.

El chico estaba con Fortún como si no se pudiera mover.

—Ve a buscar al juez y a nuestro sacerdote de Santa María la Nueva —le ordenó al chico—. Cuéntales exactamente lo que sucedió, no las tonterías sobre herir que nos dijiste.

Una vez que el chico se hubo marchado, Aminta se recostó junto a su hijo en la calle de tierra apisonada meciéndolo lentamente. Su saya cubría las cuatro piernas como una manta, pero las heridas de Pedro aún brillaban a la luz del sol. Fortún no soportaba mirar.

Levantó la mirada y vio la fuerte muralla de la ciudad, y detrás de ella, el campanario rectangular y robusto de la catedral que servía de atalaya y, en el peor de los casos, un lugar donde defenderse. Las piedras doradas habían defendido Zamora durante cientos de años. Nada había podido romperlas. Pero no habían protegido a su hijo. ¿Para qué servían?

Después de la misa fúnebre, el cuerpo amortajado de Pedro fue sellado en un sarcófago en el cementerio junto a Santa María la Nueva. Con el tiempo, sus huesos yacerían debajo de una baldosa en la iglesia cerca del altar donde Fortún se había consolado justo antes de que su vida dejara de tener sentido.

En los cuatro meses transcurridos desde entonces, nadie había visto al asesino don Blas a pesar de que el juez había colocado centinelas en cada puerta de la ciudad. Fortún mismo había hecho un viaje a Toro. Preguntó a todos los que vio en la plaza, en la colegiata, en el mercado, cerca del alcázar, y ninguno dio aviso del asesino. De nuevo en Zamora, Fortún visitó todas las puertas de la muralla de la ciudad al menos una vez al día para preguntar a los guardias si habían visto algo.

El único lugar que no había vuelto a pisar era la iglesia de Santa María la Nueva. A María no le importaba la devoción de Pedro, ni la de Fortún, ni la de Aminta, a pesar de las misas a las que habían asistido y pagado durante tantos años. Fue la única explicación. Si no, ¿por qué habría dejado morir a Pedro? Fortún ya no se dignaba asistir a la iglesia.

Fortún invitó a la hermana de Aminta a vivir con ellos para aliviar el silencio y recuperar algo de vida en la casa. Las dos mujeres hacían las tareas del hogar en silencio y preparaban platos que nadie comía. A diferencia del padre de Pedro, las hermanas no habían perdido su devoción y salían todos los días para asistir a misa. Fortún no soportaba el silencio durante esas horas, por lo que la casa quedaba vacía mientras deambulaba por las calles, evitando a los vecinos bien intencionados, estudiando los rostros en busca del asesino de su hijo.

No había visto a don Blas más que una o dos veces en la distancia, pero estaba convencido de que reconocería al hombre por la sombra de maldad que seguramente acechaba detrás de sus ojos. Matar a Pedro le habría dejado una huella imborrable, y con esa señal, Fortún reconocería en quién vengarse.

El paso de los días lo marcaba el pensar en un sinnúmero de torturas para castigar a don Blas. Si Fortún lo encontrara un lunes, ataría a don Blas a dos caballos y los haría correr en direcciones opuestas. Dejaría que el asesino sin brazos se desangrara en la calle, como había hecho con Pedro. Si el día predestinado fuera un martes, don Blas sería ahorcado de un árbol en el bosque de Val de Oro, tragando bocanadas de aire luchando por vivir en una terrible imitación del esfuerzo de Fortún por comprender por qué Pedro había tenido que sufrir cuando había sido tan bueno y devoto. Si fuera miércoles requeriría el hacha de un verdugo. Fortún imaginó el placer de arrojar la cabeza sin vida del traidor desde el castillo para que rodara por el Campo de la Verdad y se pudriera bajo un sol que salía implacablemente todos los días sobre un mundo sin Pedro. En un jueves, Fortún le pediría al señor de Zamora que no alimentara a sus perros de caza durante una o dos semanas para darles el placer de desgarrar miembro a miembro al impenitente traidor asesino hasta que no fuera más que excremento canino. Si Fortún se encontrara con Blas un viernes, ataría al criminal indigno y le sacaría el corazón con un cuchillo de carnicero. Amordazaría al asesino para que tuviera que ahogarse con sus propios gritos de dolor y terror, exactamente como lo hacía Fortún todos los días. Momentos antes de morir, Blas entendería algo del dolor que le había causado a la familia de Pedro. Quizá sería suficiente.

Un día frío de invierno, Fortún se envolvió en su capa y fue a hablar con los guardias de las puertas del Obispo, de la Traición, del Mercadillo y de San Martín que hacían sus rondas regularmente. Ese día fue diferente porque no creía ver a Blas acechándolo en cada esquina, debajo de la gorra de cada hombre.

El hijo del alcalde, amigo de Pedro, lo saludó en el camino a Santa María la Nueva, y Fortún no evitó su mirada. No entendía qué podría ser tan diferente mientras caminaba. En la Puerta de la Feria, habló largamente con los guardias, pero no habían visto ni oído nada que hiciera que ese día fuera diferente a cualquier otro. Les dio las gracias y continuó por el largo tramo de la muralla sin puertas. A medida que se acercaba a la Puerta de San Torcuato, su pulso se aceleró. No supo por qué hasta que dobló la esquina.

Los guardias de San Torcuato habían atado a un hombre por las muñecas y los tobillos y lo sujetaban en su intento de liberarse de las ataduras. Fortún intentó mirar a los ojos del hombre. ¿Llevaba escrita la muerte de Pedro allí?

—Don Fortún, lo tenemos —dijo uno de los guardias.

—¿Este es don Blas de Toro? —dijo Fortún. No recordaba haberlo visto ni de lejos. No habría reconocido a ese hombre incluso si se hubiera acercado y presentado.

—Llegó entrando por la puerta como si fuera el más inocente de los hombres —dijo el otro guardia—. Pero no os preocupéis, lo tenemos. Es todo vuestro.

Fortún agarró la cuerda atada a las muñecas del hombre y

tiró, obligando al prisionero a acercarse. Los ojos de Blas estaban prácticamente cerrados en una mueca, pero este debía ser el hombre que había matado a Pedro. Fortún asintió. Los labios de Blas se curvaron con desdén, luego escupieron un pegote empapado en vino que aterrizó en la nariz de Fortún. Era la señal que necesitaba. Tiró del cordón, forzando al prisionero a seguirlo.

Era sábado. No había preparado una venganza para un sábado. Lo adecuado sería llevar al asesino al lugar donde había muerto Pedro y apuñalarlo en el mismo lugar, con su cuchillo de comer, si no tenía otra cosa. Se dirigió a la Puerta de San Martín, siguiendo la misma ruta que había tomado el día en que Pedro murió. El prisionero tropezaba constantemente con las ataduras de los tobillos y gritaba una y otra vez:

—¿A dónde me lleváis?

El ruido atrajo a una multitud de comerciantes, sirvientes y niños. Fortún sabía que Aminta estaba en misa, gracias a Dios. Así se enteraría de la buena noticia sin tener que presenciar la violencia. La gente se dio cuenta de lo que sucedía, y buscando piedras en el suelo o verduras en los puestos, se las arrojaban a Blas alegremente.

—¿Qué he hecho? —gritó Blas. Esquivando una piedra dirigida a su cabeza, perdió el equilibrio y cayó por la pendiente. Fortún corrió a agarrar la cuerda que se le había escapado de las manos. Ayudó al hombre a ponerse de pie.

—¿Qué tenéis contra mí? —preguntó Blas.

Fortún vio que realmente no sabía. Se sintió obligado a darle al hombre un momento para reflexionar sobre sus acciones.

—Mataste a mi hijo, Pedro, ¿no?

—¡Oh! —dijo Blas, y su rostro se iluminó por la sorpresa—. ¿Era vuestro hijo?

Fortún lo tomó como una confesión.

—Quería a Pedro más que a mi propia vida. Si alguien tenía que morir, debería haber sido yo. Ahora me has condenado a esta sombra de vida que no quiero vivir. Te llevo al lugar donde mataste a mi hijo para no darte menos de lo que mereces, por una muerte como la de Pedro.

Blas se volvió, tiró de la soga con un gruñido y volvió a caer al suelo. Agitaba las piernas entre la nieve y el barro, pero no pudo levantarse ni huir. La multitud había bajado por la pendiente y, a petición de Fortún, un carnicero y su aprendiz levantaron al delincuente y lo llevaron detrás de Fortún. Ignorando el alboroto de la multitud, avanzó hacia el lugar de la ejecución como si lo hubiera ensayado cientos de veces.

La muralla y la torre de la catedral se alzaban sobre la plaza de la iglesia en el barrio de Olivares. Para Fortún, la única diferencia con aquel día de hacía cuatro meses era que la nieve cubría la calle donde había estado su hijo.

La multitud entró en la plaza y los carniceros pusieron al prisionero en pie. Fortún imaginó claramente la forma en que Blas yacería indefenso, desangrado lentamente por el frío. Si las autoridades no se deshacían del cuerpo, aún podría estar allí durante la Semana Santa, proclamando silenciosamente el crimen imperdonable del caballero.

La mirada de Fortún se dirigió al pórtico de la iglesia. Tres arcos con esculturas en un semicírculo perfecto representaban todos los animales conocidos de la Tierra, las exuberantes enredaderas del Paraíso y doce actividades humanas diferentes: un calendario de la vida y las ocupaciones mundanas. En el centro del arco interior, alguien había tallado recientemente un nuevo relieve y pintado el fondo de azul cielo, mientras que la imagen principal era más blanca que la nieve del suelo. Un cordero pascual, un inocente para el sacrificio, como Pedro. Fortún se sintió obligado a entrar.

—¿Lo va a matar dentro de la iglesia? —preguntó el aprendiz de carnicero.

—No creo que esté permitido —dijo el carnicero. Siguieron a Fortún con el preso, los demás se apiñaron dentro y llenaron la nave vacía.

Los nichos de la iglesia estaban ocupados por santos varones, pastores y agricultores como los hombres que asistían a las misas. Un sacerdote salió de la sacristía con una vela casi tan alta como él.

—La misa no comienza hasta dentro de una hora —dijo—. No os conozco. ¿Quiénes sois?

El cura se acercó a los carniceros y al preso y hablaron, pero Fortún no les prestó atención. Había visto lo que no sabía que estaba buscando.

En el rincón cerca de la sacristía, una pequeña imagen de madera de Santa María extendía las manos como si le pidiera algo a Fortún, su antiguo devoto. No se parecía en nada a la imagen del altar mayor de Santa María la Nueva. Mientras esa Madre de Dios estaba sentada en un trono dorado con su Hijo en el regazo, con una expresión suave de satisfacción celestial, esta María estaba sola, con el rostro desolado vuelto hacia arriba como si buscara en el cielo. Lágrimas como perlas salpicaban sus mejillas. Había perdido a su Hijo y Fortún nunca se había sentido tan cerca de ella.

El cuerpo de Fortún se conmocionó en ese duelo compartido. Cayó de rodillas ante la Reina del Cielo. ¿Cómo pudo haber abandonado a María, que comprendía su dolor y el de Aminta? ¿Por qué había culpado a María de la muerte de Pedro cuando la Santísima Madre nunca infligiría el dolor que había sufrido en sus carnes a ningún otro padre?

—Perdonadme, por favor, os lo ruego —susurró—. No he seguido vuestro ejemplo como consuelo de mi pena. ¿Qué puedo hacer para corregirlo?

Se secó las lágrimas con la manga de su manto y mirando los desesperados ojos de María, lo comprendió. Don Blas también era hijo de alguien.

Se volvió a mirar a los carniceros que discutían con el cura mientras sujetaban a don Blas, que luchaba contra todos. Fortún caminó silenciosamente hacia ellos, sacando su cuchillo de comer del cinturón.

—No —gritó el cura—. ¡No lo podéis matar aquí!

Fortún se arrodilló y cortó el cordón alrededor de los tobillos de Blas antes de que nadie se diera cuenta. Cogió los puños de Blas y le clavó el cuchillo en la atadura de sus muñecas, y el prisionero quedó libre. El cura y la multitud se quedaron en silencio asombrados, y don Blas se derrumbó en los brazos del carnicero.

—¡Mirad! —gritó un niño señalando detrás de ellos, hacia la esquina con la imagen de Santa María.

La Santísima Madre se había arrodillado y juntado las manos en oración. Fortún no estaba seguro de si su vista estaba nublada, pero ella parecía mirarlo directamente. La voz de una mujer recorrió la nave suavemente, llegando a cada nicho y a cada arco a pesar de su levedad:

—Gracias.

Asintiendo dulcemente con la cabeza, la imagen retomó su postura.

✠

Tierra de nadie

Cantiga 233

Frontera este de Castilla, siglo XI

Jacinto levantó la mirada para admirar las estrellas. Cerró los ojos e inhaló el aroma de la fogata entre la risa estruendosa de sus compañeros.

Como en las dos noches anteriores, los treinta caballeros y sus escuderos habían compartido el pan con los monjes de San Sebastián de Silos, oyeron la misa de Vísperas y luego regresaron a los bancos alrededor de una hoguera cerca de sus tiendas con varios odres de vino de La Rioja, pagados con doblas de oro moriscas.

A Jacinto no le habría importado repetirlo exactamente igual durante otras tres noches y otras tres después. Estaba en buena compañía. Juntos podrían extender las fronteras de Castilla hasta el mar. Después de un buen descanso.

—No te estarás quedando dormido con nosotros, ¿verdad? —dijo Rodrigo dando un codazo en el costado de Jacinto.

Jacinto soltó una carcajada para ocultar su ensimismamiento.

—Puedo seguir el ritmo de cualquiera de vosotros.

—Ah, déjalo dormir —gritó otro caballero—. Mató a más moros que todos nosotros juntos.

—No fueron tantos —dijo Jacinto.

—Deja de ser tan humilde —dijo su comandante, don Gerardo Martínez.

Había pasado las noches anteriores en una habitación privada en el monasterio y sus caballeros no lo habían visto acercarse en la oscuridad. Se hizo el silencio ante su repentina aparición a la luz del fuego.

—Señor —dijeron.

—Sentaos, mis soldados. Declaro, don Jacinto —continuó don Gerardo—, que los escuderos presenciaron toda la acción la semana pasada, e informaron que mataste a veintinueve de nuestros enemigos, mientras que tu compañero más cercano mató a dos. Y lo más importante, hicimos correr hasta Córdoba al resto de esos malhechores. Nuestra tarea ahora consiste en repoblar estas tierras con buenos castellanos que establezcan granjas, mercados y fortalezas. Mañana por la mañana, nos vamos a Burgos para alistarlos.

—¡De vuelta a mi familia! —exclamó Rodrigo, golpeando el muslo de Jacinto mientras los otros caballeros vitoreaban y gritaban.

—¡Volveré a ver a mi esposa!

—¡Mis hijos vendrán corriendo a verme!

Jacinto permaneció en silencio. Su vida giraba en torno a la frontera. No tenía un hogar al que regresar. No toleraba las habladurías y discrepancias políticas en Burgos cuando la única solución al problema de las incursiones árabes era salir y luchar contra ellos. ¿Alguien pensaba que él fuera un granjero? Se imaginó a sí mismo entre los rábanos, su espada languideciendo en las cenizas del hogar, lejos del tumulto, del choque de hachas, de las confrontaciones cara a cara donde siempre había dominado. De sobra sabía que no tenía nada que hacer en Burgos.

Pero tenían que conducir a los terratenientes y comerciantes a la nueva frontera para que se asentaran con seguridad, y esos hombres y mujeres no estarían a salvo armados solo con azadas y esperanza.

—Mi señor, ¿quién va a ser adelantado de la frontera? —preguntó Jacinto—. Me gustaría servir con él.

—Pero, ¿qué dices? —susurró Rodrigo—. ¿Con todos los honores y ganancias que te esperan en Burgos?

—Me gustaría proteger a los pobladores legítimos.

—El rey nombrará adelantados a su debido tiempo —dijo don Gerardo.

Jacinto asintió, luego ocultó su desasosiego mirando las llamas. Le pasó el odre a Rodrigo distraídamente, sin tomar un trago.

En medio del murmullo, algunos de los caballeros se pusieron de pie como si volvieran a sus tiendas. Pero don Gerardo continuó:

—Antes de que nos preparemos para partir mañana, tengo que pedirle un favor a uno de vosotros.

El crepitar del fuego era el único sonido mientras los soldados esperaban para atender los deseos de su señor.

—Me han dicho que los monjes ermitaños de Peñacoba están copiando e iluminando una Biblia para la reina, pero se han quedado sin pergamino. He comprado veinte hojas de vitela de cabra a los monjes aquí de San Sebastián y he prometido ante el altar de la Virgen María que los ermitaños las recibirán.

¿Quién les llevará los pergaminos por mí? Debería irse mañana y reunirse con nosotros en Burgos lo más rápido posible.

Un suspiro generalizado hizo saber a Jacinto que ninguno de sus camaradas quería retrasar su viaje a casa. Don Gerardo juntó las manos como si rezara para que uno de ellos cambiara de opinión.

—¿Dónde está Peñacoba? —preguntó Jacinto con una sonrisa que su comandante probablemente no vio.

—No está lejos —dijo aliviado don Gerardo—. Desde aquí ve hacia el sur a través del desfiladero de La Yecla, luego gira hacia el este, y después de dos horas lo verás encaramado sobre la roca.

Sería mejor permanecer en la frontera por un momento, incluso sin sus camaradas, que regresar a la ciudad con ellos. La oportunidad parecía hecha para Jacinto y debería aprovecharla.

—Parece un viaje fácil. Estaré encantado de ayudaros a cumplir vuestra promesa, mi señor.

—¿Irías al sur, hacia los ejércitos paganos solo, sin nadie que te ayude? —preguntó Rodrigo.

—Si te preocupa tanto, ve con él —gritó un soldado al otro lado del fuego.

—Don Rodrigo tiene razón —dijo don Gerardo—. Aunque la ermita no está cerca de donde hemos estado luchando, sería una tontería salir solo. ¿Alguien irá con don Jacinto a enfrentarse juntos con lo que se presente en el camino?

Después de muchos momentos de susurros y refunfuños alrededor del fuego, Rodrigo miró a Jacinto a los ojos.

—Lo siento, amigo, mi casa me llama. Pero llévate a mi escudero Pelayo. Se asegurará de que no te hagan daño. Nadie quiere llegar a casa a salvo más que él.

El escudero se levantó de su asiento al otro lado de Rodrigo y cruzó los brazos. Antes de que pudiera hablar, Rodrigo continuó:

—No pienses en rehusar, Pelayo. Te envío porque sé que puedes hacerlo bien, y Jacinto es mi mejor amigo. Hazme este favor y te honraré con oro y un título cuando vuelvas a Burgos.

El escudero resopló, luego asintió.

—Lo haré por el bien de mi esposa. Ella pensó que esta campaña nos traería fortuna para nuestros hijos. Pero lo hago solo por ellos.

—Gracias, don Rodrigo y gracias, Pelayo. Vuestro sacrificio no pasará desapercibido —dijo don Gerardo—. Todos oiremos misa al amanecer. Preparaos para partir después.

Una vez que cargaron todo en los carros, excepto las tiendas y lo que necesitarían por la mañana, los soldados yacieron en sus jergones, con sus espadas y armaduras al alcance de la mano. La mayoría en la tienda de Jacinto roncaba, seguramente disfrutando de los sueños del hogar. Pero Jacinto estaba incómodo sobre la paja y las mantas a pesar de que no tenía heridas que lo aquejaran. La hora era tardía y cargar los carros le había quitado lo que le quedaba de fuerza, pero el sueño se negaba a llegar. Pelayo tenía una familia que lo esperaba, pero nadie esperaba a Jacinto. Pelayo estaba en la frontera para ganar oro y un título antes de regresar a casa, pero Jacinto se sentía más a gusto en la frontera. ¿Quién tenía razón? Pelayo yacía a su lado y Jacinto creía sentir sobre él la mirada del escudero toda la noche.

Por la mañana, después de la misa, Jacinto se detuvo ante el altar de la Santísima Virgen. Cuando los otros caballeros pasaron, él levantó las manos suplicando ante su mirada benevolente y susurró:

—Santa Madre, podríais esperar que os pidiera éxito en mi viaje. Lo hago, pero también os pido que me mostréis el plan de vuestro Hijo para mí mientras camino hacia vuestra ermita. No creo que haya un lugar para mí en Burgos. Os he servido bien en la frontera, matando a muchos hombres de falsa religión que quieren robar la tierra que para vos hemos ganado. Quizás he matado a muchos. Tal vez preferiríais que capturara a algunos de ellos para el rescate o las negociaciones de paz, Virgen Serena. Pero matar es todo lo que sé hacer. ¿Realmente queréis que me quede para cultivar rábanos? Puedo hacer mucho más por vuestra gloria. Vos, para quien todo es posible, mostradme lo que queréis que haga.

Cuando salió de la iglesia, la mayoría de los soldados ya habían ensillado.

—No dejé que nadie tomara tu caballo —dijo Rodrigo, entregándole a Jacinto las riendas del castaño—. Lo montaste durante toda la campaña y nunca te falló. Te llevará bien. Y después de todo, es solo un poco más lejos de donde vamos y luego, volverás con nosotros.

—Gracias, amigo. Tener a Mistral será casi como tenerte a mi lado —dijo Jacinto.

Si la distancia era tan corta, ¿por qué Rodrigo no se decidió? Podrían imaginar que todavía estaban en campaña y reír y cantar hasta que alcanzasen al resto de la compañía.

—No te olvides de Pelayo. Él también estará allí —dijo Rodrigo haciendo una mueca, como si hubiera escuchado los pensamientos de Jacinto y lamentara no haber sido un amigo más leal.

Don Gerardo salió de entre la multitud con Pelayo, que llevaba las veinte hojas de vitela. Con un gesto hacia Jacinto, el escudero dobló las preciosas páginas y las metió en la alforja de Jacinto.

—Nunca podré pagarte por este acto desinteresado —le dijo don Gerardo—. Pero sin duda lo intentaré cuando vuelvas con nosotros.

—Gracias, mi señor, pero no es una imposición. Necesito hacer una peregrinación, en cualquier caso —dijo Jacinto. Esperaba que la Virgen María entendiera el desvío como una peregrinación y le otorgara la dádiva que había pedido a cambio.

La compañía y Jacinto se despidieron y luego se separaron en direcciones contrarias. Pelayo siguió su ruta sur muy por detrás de Jacinto, poniendo su caballo a un ritmo más lento que el de un caracol sobre hoja de lechuga.

—Vamos, cobarde —dijo Jacinto—. La mitad de los monasterios de por aquí se llaman San Pelayo. No te puede pasar nada con tantos protectores.

—Nos alejamos de mis patrones, directamente a la boca del enemigo.

—No. ¿Recuerdas dónde hemos estado peleando? Hacia el este —dijo Jacinto. Al menos esperaba que la ermita no estuviera dentro de tierras en disputa. Don Gerardo se lo había asegurado—. No hay nada al sur de Castilla. Nada con días por delante.

—Ciertamente, y no hay iglesias de San Jacinto tampoco en ningún lugar cerca de aquí. ¿Quién nos protegerá?

—Me han dicho que Peñacoba es la ermita de Santa María. No hay mayor protectora que la Madre de Dios.

Jacinto sintió el calor del manto de la Santísima Virgen amparándolos. Se marcaron un ritmo cómodo. Unos gorriones, piando, se lanzaron bajo un matorral. Un buitre, dando vueltas sobre sus cabezas, trazaba sombras negras sobre el camino de Jacinto. Muy pronto la silenciosa piedra gris del desfiladero de La Yecla se alzó sobre ellos a ambos lados. Jacinto se preguntaba si la Virgen María podría vigilarlos ahora. ¿Podía verlos a través de tanta roca?

—Creo que vi algún movimiento en la cima de la montaña —susurró Pelayo, tan bajo que Jacinto apenas lo oía.

—Probablemente sean ciervos —dijo Jacinto. Pero también podrían ser linces, osos o incluso un dragón a quien habían perturbado el sueño.

—No, no —susurró Pelayo aún más bajo—. Creo que fue un explorador. Oigo el eco en las paredes del cañón, sonidos de cascos sobre piedra y espadas desenvainadas. Sonidos de hombres.

Jacinto se estaba concentrando tanto en entender a Pelayo, que cuando el casco de su caballo pateó una piedra en el camino, sonó como un trueno. Cuando Pelayo habló a continuación, Jacinto apenas le oyó pues los latidos de su corazón resonaban en sus oídos.

—¿A cuántos moros mataste durante esta campaña? —preguntó el escudero.

Jacinto tragó. Sabía a qué se refería Pelayo.

—Algunos dicen hasta treinta, pero no creo que fueran tantos.

—Treinta razones para que alguien que conociese a un guerrero moro planease su venganza en estas montañas —ya no susurraba Pelayo.

Una misión de venganza no necesitaría reclamar un territorio. No haría falta otra excusa que un amigo o un hermano muerto. Jacinto permaneció callado. Le pareció escuchar ruido de hombres.

Pero casi estaban fuera del desfiladero. Incluso si mantuvieran este mismo ritmo, podrían en unos minutos girar hacia el este, y ver Peñacoba entre las colinas en una hora. Si alguien quería venganza, tendría que hacerlo pronto.

—¡Quietos ahí! —gritó Pelayo.

Jacinto miró hacia atrás. Un ejército de soldados moros a caballo, con sus turbantes enjoyados brillando tanto como sus espadas curvas, se abalanzó sobre Pelayo y Jacinto con el bramido de los sabuesos del infierno.

¿Por dónde habían venido? Jacinto tiró de las riendas y apretó a Mistral con las rodillas, pero el caballo giró sobre sí mismo, demasiado inteligente para mantener la calma.

—No estoy con este hombre —exclamó Pelayo—. ¡Ni siquiera lo conozco!

Los moros pululaban alrededor de Pelayo y Jacinto sin que se supiera qué gritaban en su jerga pagana.

Uno, luego dos, luego tres, se separaron del grupo e hicieron girar sus caballos hacia Jacinto. Superado en número, ningún guerrero castellano sería tan estúpido como para quedarse quieto. No fue necesario hacerle ninguna señal al caballo. Se alejaron por el paso a rienda suelta en medio de una nube de polvo.

Los perseguidores gritaban más a medida que aumentaban en número. Jacinto escuchó que repetían algo en latín que en seguida comprendió.

—¡Morirás! —gritaban—. ¡Morirás! —una y otra vez, haciendo eco en las paredes del barranco hasta el punto en que Jacinto pensó que esas palabras eran como flechas buscando su muerte.

Jacinto, horrorizado, se quedó sin aliento. Espoleó a su caballo. Cabalgaron llenos de pánico, y en un último esfuerzo salieron más allá del desfiladero de La Yecla. Tiró de las riendas para girar a la izquierda. Mistral luchó, desorientado, pero finalmente Jacinto se dirigió hacia el este. Miró por encima del hombro y no vio a ningún guerrero. Todavía debían estar en el desfiladero, pero él no volvería para averiguarlo.

Las estribaciones se agrandaron a su alrededor como panes enormes y Mistral se vio obligado a reducir la velocidad para seguir el camino curvo. El corcel sudaba haciendo espuma, pero Jacinto lo incitó hacia adelante, mientras escuchaba el ulular de sus enemigos.

Inclinándose hacia adelante, con el sudor bajando por su rostro desde su casco de cuero endurecido, Jacinto se obligó a no mirar hacia atrás. Cuando lo hizo, a veces veía un camino solitario rodeando una ladera, envuelto en árboles y zarcillos torcidos, tan oscuro como la noche a pesar del cielo azul brillante. Otras veces, con demasiada frecuencia, vislumbraba el hocico del semental que emergía desde más allá de la última curva, tan rabioso en su carrera como el suyo.

En campo abierto podría ser cuestión de minutos en el que al menos uno de ellos lo alcanzara y Jacinto celebró que la Virgen Santísima tuviera su ermita en terreno rocoso.

Él y su caballo colaboraban, acompasando el galope con en el apoyo en los estribos y en la silla que crujía con cada paso en los repechos de las colinas sobre la misma hierba rojiza, piedras grises y árboles deformes. Todo su esfuerzo se reducía a provocar una velocidad que no acababa de producirse. Quizá la rueda de la Fortuna favorecía ahora a unos infieles que siempre pensó derrotar en el nombre de Dios.

Dios y su Madre. Estaba cabalgando hacia ellos incluso ahora, cuando se sentía más solo que nunca. Jacinto no sabía si los ermitaños podrían ayudarlo. ¿Debería arrastrar consigo toda esta venganza a un lugar sagrado? ¿Habían matado los moros a Pelayo? ¿Qué les harían a los monjes inocentes? Aferrándose a su corazón, Jacinto miró hacia adelante en busca de alguna bifurcación o vaguada que podría alejarse de Peñacoba. Pero era casi como si una serpiente gigante se hubiera acostado en esas estribaciones, creando una sola depresión. Aunque el camino no era recto, no había otro lugar a donde ir.

Cerró la boca e intentó tragar, pero la garganta estaba seca en demasía y Pelayo llevaba los odres de vino.

¿Habría actuado noblemente al abandonar a Pelayo a su

destino? ¿No debería haber defendido al escudero de su amigo incluso hasta su propia muerte?

—Agregadlo a mis pecados, Madre Gloriosa —susurró Jacinto mientras él y Mistral doblaban otro recodo—, mi multitud de pecados, que pongo a vuestros pies. Solo cometí pecados a vuestro servicio. Tened piedad de mi vida miserable y rogad a vuestro Hijo que me perdone.

El perdón era todo lo que podía esperar ahora. Sus enemigos podrían atraparlo en cualquier momento y nadie sabría jamás dónde descansaban sus huesos.

En lo alto de la siguiente colina, mucho más cerca de lo que hubiera imaginado, apareció un edificio con paredes redondeadas hechas de piedra dorada y una campana suspendida entre dos postes. En una ráfaga de viento la campana sonó, fina en el aire del mediodía, y por primera vez, la luz del sol iluminó el paisaje, haciendo brillar las hojas de árboles y arbustos.

—Ya casi llegamos —dijo Jacinto para que Mistral escuchara. El caballo trepó entre los arbustos y se detuvo al pie de la colina, jadeando con tanta fuerza que Jacinto temió por su vida. Miró hacia atrás para ver no solo el primer caballo, sino tres de sus agresores en sus monturas asomando detrás del monte más cercano.

El caballo de Jacinto lo había llevado lejos, pero no sería capaz de aguantar un esfuerzo más. Sabiendo que podría ser su última decisión en esta tierra, Jacinto saltó al suelo, dio una palmada de despedida en el flanco a Mistral y deseó que sus piernas lo llevaran cuesta arriba.

Arrojó su casco y fijó su mirada en la puerta doble arqueada en el edificio bajo que carecía de ventanas. Marchó, sin pensar en los montículos de tierra revuelta con cruces de madera ubicadas entre los árboles frutales jóvenes que flanqueaban el camino. Respiraba casi tan fuerte como el caballo detrás de él.

Jacinto empujó la puerta con ambas manos. Entró en una pequeña capilla con una mesa cubierta de seda blanca como altar. Un monje encendía velas de cera de abejas alrededor de una imagen de madera de la Reina del Cielo. Llevaba una corona tachonada de zafiros y una túnica azul bordada con hilo dorado que brillaba a la luz parpadeante.

—¡En nombre de la Virgen Madre, ayudadme! —gritó Jacinto. Tropezó con su propio pie y cayó al borde de la túnica negra del monje.

El monje levantó las manos sorprendido, luego corrió a cerrar la puerta con tranca.

Jacinto juntó las manos y miró a los ojos de la imagen desde el suelo. Con los labios agrietados, murmuró:

—Santa Madre de Dios, salvadme de estos malvados.

El monje desapareció tras una puerta con cortinas. Jacinto cerró los ojos y dejó caer una lágrima.

—Caballero —dijo el monje. Jacinto abrió los ojos y tomó la mano ofrecida por el monje que lo condujo a un banco de piedra junto a la puerta principal—. Tomad este vino no consagrado, viajero, y decidme qué ha pasado.

Jacinto se dejó caer en el asiento, pero agradecido tomó el odre y lo acabó sin respirar.

—Hermano monje —dijo al fin—. Mis pecados son tan grandes que, si la Santísima Virgen no nos ayuda, los hombres que aquí vienen nos matarán a mí, a vos y a todos los demás ermitaños y luego profanarán la iglesia. Lamento haber traído la destrucción. Mi misión era entregaros vitela, pero soy tan pecador que incluso ese noble propósito no podría salvarme de mi merecido destino. Los vengadores robarán mi alforja y echarán las páginas al viento.

El monje apretó la mandíbula, luego tomó el odre vacío de las manos temblorosas de Jacinto.

—Tened fe, caballero. Le pedisteis a Santa María que os salvara, y ella nunca abandona a quienes la llaman.

—Tenéis razón, por supuesto —dijo Jacinto, limpiándose la cara del sudor, de las lágrimas y del vino.

—¿Os seguían muy de cerca? —preguntó el monje.

—Estarán aquí ahora —dijo Jacinto—. Pero no escucho nada afuera.

El monje se frunció la boca. Desatrancó la puerta y la abrió dejando pasar una rendija de luz en el santuario. Se agachó y atisbó un momento por el hueco. Con una sonrisa que Jacinto no pudo comprender, el monje abrió la puerta de par en par, inundando el altar de luz, de manera que la imagen de la Virgen pareciera asentir con la cabeza.

El monje hizo señas para que se acercara Jacinto, que se puso de pie a pesar de la debilidad de sus rodillas y se apoyó en el hombro del monje mientras entornaba los ojos a la luz del sol.

En las crestas de los montículos pedregosos a lo largo del camino se destacaba una línea como avanzadilla de un ejército. Pero no era un ejército, sino una formación de cuarenta o cincuenta caballeros de Castilla, León, Navarra, de toda la Hispania cristiana, a juzgar por los diferentes colores y símbolos en sus escudos.

Cada caballero sostenía una espada antigua diferente a la que tenía el de al lado, amenazando a los perseguidores de Jacinto, que levantaban las manos en señal de rendición. Los cristianos parecían venir de una batalla, cubiertos de polvo y sudor, y algunos sangraban copiosamente por heridas en el pecho, brazos o cuello. Un caballero barbudo que llevaba una túnica blanca con un emblema de león rojo hizo un guiño a Jacinto que solo aumentó su desconcierto.

Jacinto miraba la borrosa escena de los soldados frente a él, que tenían la consistencia del humo de una fogata.

—Son los espíritus de los hombres que murieron defendiendo esta tierra de los moros y fueron enterrados aquí —dijo el monje—. El propio ejército de la Santísima Virgen nos defiende.

Incluso con su aspecto diáfano, los soldados miraban con ferocidad a los diez caballeros moros, que ya no parecían tan altivos a pesar de sus turbantes y joyas. Apenas tenían presencia de ánimo para calmar sus caballos aterrados.

—Alabados sean Dios y su Madre —susurró Jacinto, aún sin estar seguro de lo que estaba viendo. Otros tres ermitaños se unieron a ellos en la puerta para presenciar el milagro.

El líder enemigo dijo algo y los moros desmontaron. Los caballeros fantasmales parpadearon, pero se mantuvieron firmes. Los caballeros moros agarraron sus armas.

—¿Van a romper la fila? —le preguntó Jacinto al monje. ¿Qué podrían hacer los espíritus de aire y humo? La ermita se había perdido.

Pero después de unas pocas palabras más en su tosco idioma, los diez moros arrojaron sus armas al suelo. Se acercaron a la puerta con las manos alzadas para mostrar que estaban vacías. Un caballero fantasmal les obstaculizó el paso, pero los moros se inclinaron y luego se arrodillaron. Su líder se dirigió al espíritu para que Jacinto y el monje pudieran escuchar.

—Vemos que no sois de este mundo, pero no creemos que vuestras intenciones sean malas.

Los fantasmas sacudieron las cabezas y el líder árabe continuó:

—Os honramos porque habéis sido enviados por María, madre de Jesús.

—Conocen a la Santísima Virgen —intervino el monje.

—Debido a que defendéis a este caballero por ella, estamos

dispuestos a perdonarlo a pesar de todos los daños que nos ha causado —dijo el líder—. Si estáis dispuestos a perdonarnos por intentar vengar a nuestros familiares, podemos separarnos como amigos.

Jacinto miró hacia el altar, y más que la corona brillante o las túnicas relucientes, lo que llamó su atención fue la cara de Santa María. Probablemente estaba tallada en madera local y pintada por uno de los ermitaños y desde entonces había mantenido la misma media sonrisa. Pero ahora era una sonrisa de aprobación, una sonrisa que le indicó que la Virgen Santísima no solo lo había salvado, sino que también le mostraba cómo quería que tratara a sus enemigos. El perdón fue para él como una lluvia refrescante.

Con lágrimas en los ojos, Jacinto pasó entre sus protectores fantasmales y se detuvo frente al líder moro. Al pie de la colina, vislumbró a Mistral, exhausto pero ileso y con su alforja intacta.

—Primero tengo que saber qué ha sido de Pelayo. Os vi sobrepasarlo. ¿Sigue vivo?

—¿El escudero que se entregó a nosotros? Lo dejamos en el desfiladero. Él no era nuestro enemigo, y nos estábamos quedando sin tiempo para atraparos. Probablemente regresó por donde vino.

Jacinto sonrió. Quizás Pelayo se reuniría con Rodrigo esa noche. ¿Qué le diría Rodrigo al escudero sobre lo bien que había cuidado de su mejor amigo? Jacinto le tendió la mano al líder.

—Si me perdonáis, entonces me perdona la misma Virgen Madre de la que hablasteis, y yo también os perdono.

El líder tomó la mano de Jacinto y se levantó para abrazarlo. Cada uno de los otros besó y abrazó a Jacinto en señal de su nueva hermandad.

Los caballeros espectrales envainaron sus espadas y se desvanecieron.

Agua clara

Cantiga 321

Córdoba, 1265

Vela levantó de la cama a su hija que gemía débilmente y la cubrió con su manto descolorido. Miró a ambos lados de la calle para asegurarse de que nadie las vería, recorrió las calles encaladas de su barrio y llegó al puente romano. A los seis años, Toda era muy grande para cargar con ella, pero su madre no sabía qué hacer. La niña estaba muy débil para caminar hasta la catedral.

En medio del puente, Vela necesitó descansar. Se derrumbó sobre las baldosas anchas y lisas, porque Toda no podía ponerse de pie ni sentarse sola. Vela apartó el cabello de la cara de su hija, resbaladizo por el sudor y las lágrimas. Cuando Vela recobró el aliento y se puso en pie de nuevo, la niña parecía incluso más pesada que antes.

—Todo va a estar bien, mi amor —susurró su madre, aunque no se lo creía.

A esa hora temprana, las personas que cruzaban el puente iban cargadas con cestas o sacos llenos de productos para el mercado y se apresuraron a pasar sin ofrecer ayuda. Un hombre, con un carro lleno de verduras, que era forastero porque no reconoció a Vela ni a su afligida hija, detuvo su burro y se acercó.

Vela no se molestó en hablar. Mostró a su hija en brazos para que el amable hombre viera los bultos irritados y rojos en el cuello de su hija brillar bajo la luz del sol.

—¡Escrófula! —dijo, y retrocedió horrorizado.

Toda se sobresaltó y gritó, luego lloró sobre la túnica de su madre.

—No hace falta que me lo expliquéis, está bien —dijo Vela mientras el hombre se apresuraba a alejar a su burro de la niña y su madre—. Sé que no podéis llevar a mi hija pestilente en vuestro carrito con vuestras verduras frescas y sanas.

No tenía una mano libre para secarse las lágrimas.

—Mamá, me duele —dijo Toda con voz ronca.

—Lo sé, cariño. Vamos a curarte.

Los bultos dolorosos habían aparecido en el cuello de Toda hacía tres años. Comenzaron del tamaño de una pequeña moneda debajo del lado derecho de su mandíbula y habían crecido con ella. Ahora, rodeados de moretones oscuros, se habían apoderado de su cuello y le empujaban el lóbulo de la oreja hacia arriba. Su madre la había visto pasar de ser una niña curiosa, siempre alegre, a un ser deforme que lloraba constantemente de dolor. Probablemente Toda no recordaba lo que había sido correr, interesarse por el mundo, reír.

Esa mañana, Vela se había despertado con un estertor horroroso que venía de debajo de la manta de Toda. No respiraba bien, pero miraba boquiabierta a Vela como si la misma Muerte hubiera forzado la puerta y observara desde el portal. Vela sabía que esta era la última oportunidad para su hija.

Llegaron a la torre de la aduana al final del puente y se colocaron en la fila. La catedral se cernía silenciosamente frente a ellos como una sólida fortaleza de la fe.

—No queda mucho —susurró Vela al oído de su hija. La cola se movía rápidamente; tanto los caballeros a cargo del impuesto del puente como los comerciantes no querían retrasar el comercio del mercado.

Hubo un tiempo en que Toda habría alargado la mano hacia la flor en forma de cruz roja bordada en la túnica del caballero. Pero ahora el caballero tuvo tiempo de mirarlas con calma bajo el arco sin tener que apartar las manos curiosas de la niña.

—Necesito entrar a la catedral para rezar a los santos Cosme y Damián por mi hija —dijo Vela apartando el cabello de su hija de su cuello.

El caballero retrocedió, diciendo:

—¿Está hechizada?

—Padece de escrófula —dijo Vela—. Por lo tanto, ya veis, necesito rezar ahora mismo.

El caballero se apoyó contra la pared y se llevó la mano a la boca.

—Adelante, pero manteneos alejadas.

—¿Sabéis dónde tienen su altar los santos Cosme y Damián?

—Está al lado del muro de la izquierda, ocho filas hacia adentro —dijo agitando las manos, haciéndolas pasar.

—Gracias —murmuró Vela atragantándose. Había vivido peores desaires y rechazos durante los últimos tres años, pero sentirse sola en el mundo con su preocupación nunca era más fácil—. Buenos días.

Un paso, luego otro, con Toda más pesada a cada momento,

Vela bordeó los altos muros de piedra dorada de la catedral. Había sido mezquita hasta que el rey Fernando el Santo la consagró al culto cristiano, hacía unos treinta años. Los moros que construyeron la enorme estructura no tuvieron piedad de una pobre mujer cristiana que intentaba curar a su única hija. Parecían haber seguido agregando piedras para que el edificio se extendiera hasta el infinito. Vela había visitado la catedral muchas veces, pero nunca había tardado tanto en llegar a la puerta que daba al patio de los naranjos.

Por fin entró. Los naranjos estaban ante ella, soldados frondosos en filas ordenadas. La sombra verde y el susurro de las hojas la hicieron detenerse. Tal vez realmente todo saldría bien.

Vela cruzó al vasto y rumoroso espacio sagrado y esperó un momento a que su visión se adaptara a la luz a cuadros que se filtraba a través de las celosías y las puertas. Lentamente, las mesas colocadas como altares temporales aparecían entre las columnas de mármol. Delante, el altar mayor bebía el brillo desde el tragaluz. Ni siquiera el altar más importante era mucho mayor que una mesa portátil cubierta de tela con velas que el obispo abría antes de cada misa y cerraba después. Los otros altares se movían regularmente alrededor del enorme columnario de la catedral, por lo que Vela se alegró de haber pedido las indicaciones al caballero. Otras personas parecían dar paseos para ver dónde habían sido colocados los santos de su devoción.

—Una fila, dos filas . . . mira, Toda, mira todas las columnas. ¡Es como estar en el bosque, y las ramas tienen rayas rojas y blancas!

Los ojos de la niña se abrieron y cerraron de nuevo. En un último esfuerzo, Vela levantó a su hija más allá de las tres, cuatro, cinco, seis, siete, ocho filas y se detuvo.

La mesa contra la pared estaba cubierta con un simple paño de lino, probablemente una donación de alguien que había sanado. Dos pequeñas imágenes de madera de los santos Cosme y Damián, los médicos gemelos, se mostraban mutuamente los frascos que portaban, las herramientas de su oficio. Sus rostros redondos y felices y sus túnicas de colores brillantes infundieron esperanza en el corazón cansado de Vela. Cirios en demasía para contarlos alineaban en los bordes y llenaban los espacios entre las imágenes, aunque solo unos pocos estaban encendidos. Vela no tenía dinero para traer una candela. Esperaba que sus oraciones brillaran lo suficiente para que los santos las escucharan.

—¿Ves ahí, cariño? Hemos venido al lugar adecuado. Estos médicos nunca cobran por sus servicios a los buenos cristianos.

Colocó a Toda ante el altar y arregló su manto para que no se resfriara sobre las piedras. Vela se arrodilló junto a su hija como si la presentara como ofrenda. Juntó las manos y cerró los ojos.

—Queridos médicos santos, vengo a pediros que restauréis la salud de mi hija. Su nombre es Toda, porque ella lo es todo para mí. Toda cayó enferma cuando tenía solo tres años, demasiado inocente para sufrir tanto. Durante estos tres años la he llevado a todos los médicos que pude encontrar. He gastado más de 50 maravedíes. Serían los ingresos de cinco años si mi marido aún estuviera vivo. Era todo lo que había ahorrado y todo lo que había ganado en esos años y habría sido un pequeño precio por la salud de Toda. Pero a pesar de todas sus promesas, sus cataplasmas y tisanas, ninguno ha podido ayudarnos. Mi hija no ha hecho más que empeorar y ahora también tengo deudas que nunca podré pagar. Ni siquiera puedo guardar suficientes retales para hacer una muñeca a mi hija. Ella no juega nunca ni se ríe. San Cosme y San Damián, vosotros sois los únicos médicos cuyos servicios puedo pagar. No tengo nadie a quien acudir. Por favor, devolvedme a mi hija. Os lo ruego humildemente de todo corazón, porque es todo lo que me queda.

Soltó las manos para secarse las lágrimas antes de que cayeran sobre Toda. Vela apoyó la mano en el pecho de su hija, que luchaba por subir y bajar. ¿Cuánto tiempo pasaría antes de saber si sus oraciones habían funcionado? Seguramente ningún santo dejaría morir a una niña en la catedral. ¿Verdad? Vela esperaría allí mismo con paciencia porque no tenía otra esperanza. Cerró los ojos y respiró lenta y regularmente, demostrándole a Toda cómo se hacía.

Abrió los ojos para limpiarse de nuevo y se sorprendió al ver a un hombre que la observaba. Las velas arrojaban su luz dorada sobre el bordado de su sobreveste de terciopelo y cuando se inclinaba, el grueso bolso atado a su cinturón tintineaba con monedas.

—Disculpad, señora. Yo soy don Sandino, ¿y vos sois?

Vela resolló y no se atrevió a ponerse de pie ante él.

—Mi nombre es Vela y estoy rezando por mi hija.

—Sí, no pude evitar escuchar. ¿Me dejaréis ver qué es lo que la aflige?

Vela apartó el manto del cuello de Toda. Don Sandino se arrodilló y miró, pero mantuvo las manos lejos de la niña mientras ella se apartaba.

—¿Es escrófula?

—Sí —susurró Vela.

—Los santos os están cuidando hoy, porque me han enviado a buscaros y deciros que el rey don Alfonso está en Córdoba esta semana, y puedo llevaros a hablar con él.

Vela miró a don Sandino a los ojos, tratando de entender qué tenía que ver el rey con su hija.

—¿No lo sabéis? —dijo, poniéndose de pie—. La escrófula

es el mal del rey. Dios ha otorgado a todos los reyes cristianos la capacidad de aliviar este dolor con solo un toque de la mano. En Francia e Inglaterra las personas que padecen esta enfermedad se reúnen en gran número. Sus reyes vienen y los curan en el instante. El rey Luis de Francia ha curado a muchos niños pequeños como vuestra hija. El rey don Alfonso tendrá audiencia esta mañana. Puedo llevaros al castillo ahora mismo. Le hablaré de vuestra hija y estoy seguro de que tendrá piedad y acudirá en vuestra ayuda.

—¿Solo un toque de la mano? —dijo Vela. No podía creer que tres años de sufrimiento pudieran terminar tan rápido—. ¿Qué piensas, cariño? ¿Quieres ir a ver al rey? Este hombre dice que el rey puede sanarte.

—Tengo frío —fue la débil respuesta.

Vela levantó a Toda. La repentina aparición de don Sandino justo cuando rezaba tenía que ser una señal.

—Llevadnos al rey.

Vela apenas podía seguir el ritmo de los largos pasos de don Sandino, aunque era lo único que quería. Cuando salió como un dardo por la puerta del patio de los naranjos temió perderlo entre la multitud.

—¡Don Sandino!

El hombre se volvió mientras la gente de la calle se apresuraba a evitarlo.

—No puedo ir tan rápido. Ella pesa —dijo apoyándose en un portal.

El hombre se acercó al portal y las observó. Vela cubrió instintivamente el rostro de Toda para protegerla del escrutinio. Tosió, y cualquier idea que pudiera haber tenido don Sandino de llevarla él mismo se había esfumado. Su mano corrigió su curso desde su hija hasta el hombro de Vela.

—Os sostendré —dijo. Apartó a las personas y los animales de su camino mientras cruzaban la concurrida calle y guiaba a Vela con una suave presión en la espalda.

El castillo estaba hecho de las mismas piedras doradas que la catedral. Aunque la catedral lo empequeñecía, sus torres moriscas eran altas. Entraron por el arco de una torre cuadrada donde el guardia saludó a don Sandino. El alivio inundó a Vela. Este salvador potencial decía la verdad.

Se apresuraron a lo largo del muro a través del patio, donde la gente se afanaba en sus tareas diarias. Algunos hombres conversaban bajo turbantes o gorros puntiagudos y algunas mujeres se cubrían el rostro con velos a la sombra de las almenas. La torre más alta tenía muchos lados, lo que la hacía aún más imponente y Vela pensó que tenía que ser la torre del homenaje. Un guardia en la puerta saludó con la cabeza a don Sandino, pero observó a Vela y Toda con el rabillo del ojo.

—¿El rey escucha súplicas esta mañana? —preguntó don Sandino—. Tengo una petición muy especial en nombre de la hija de esta señora.

Vela se aseguró de que el guardia pudiera ver el rostro delgado pero dulce de Toda. La niña parpadeó débilmente y gimió.

—Sí, el rey don Alfonso está en el salón de audiencias, pero podría haber una larga espera. ¿Cuál es vuestra solicitud?

Vela movió a Toda y el manto se abrió. El caballero se quedó sin aliento y retrocedió. Vela lloró de desesperación.

—El rey don Alfonso es la mejor esperanza de esta mujer para salvar la vida de su hija —dijo don Sandino—. ¿No lo veis? No tenemos tiempo para esperar.

El caballero torció la boca y suspiró.

—Seguidme.

Comenzó a subir la escalera, que era lo suficientemente ancha como para permitirle sostener la lanza a un costado. Don Sandino insistió en que Vela fuera primero y subió pacientemente las escaleras detrás de sus lentos y pesados pasos. Hacía mucho tiempo que Vela había perdido de vista al guardia cuando un hombre bien vestido bajó corriendo y tuvieron que detenerse contra la pared para que pasara. Vela pensó que se derrumbaría a su paso, demasiado débil para continuar hacia arriba, pero don Sandino, en el escalón de atrás, se aseguró de que no perdiera el equilibrio ni dejara caer a Toda. Por fin, dobló una esquina y el caballero esperaba en un portal.

—He hablado con el hombre que es el siguiente en hablar con el rey, mencionando vuestra urgencia —le dijo el guardia a don Sandino, señalando más allá de la puerta—. Debéis sentaros delante de él y hablaréis con el rey en seguida.

Bajó la escalera, y los ojos de Vela se abrieron como platos mientras miraba hacia el salón de audiencias. La luz entraba por las ventanas desde lo alto del techo abovedado e iluminaba especialmente la pared del fondo, donde el rey se apoyaba en el brazo de un trono sobre una plataforma elevada. Estaba envuelto en una túnica de terciopelo rojo bordada con castillos y leones a lo largo del dobladillo.

Aunque era el tapiz detrás del rey con los mismos castillos y leones el que dominaba la sala, Vela se sintió aliviada al ver sus ojos vivaces y su gesto paciente. Un hombre ante él abogó por su caso de manera inaudible. A la derecha del rey, un niño de unos diez años que llevaba una gorra de castillos y leones estaba sentado rígidamente en una silla más pequeña, con la mirada fija entre el hombre y el rey. Sería Fernando, el joven heredero. Más guardias con túnicas blancas se mantenían en posición de firmes a lo largo de la pared.

Don Sandino susurró algo a Vela y se colocó delante de ella.

Se abrió paso entre la gente sentada sobre cojines en el resto del salón y se inclinó para hablar en voz baja con un hombre cercano a los tronos. Después de un apretón de manos y asentir, saludó a Vela. Ella siguió el mismo camino que había tomado don Sandino, susurrando disculpas a quienes pisó en las manos y tropezó con sus espaldas.

No hubo tiempo para sentarse. El rey le dijo al hombre que tenía delante:

—Es mi última palabra. Por favor, no volváis a presentar este pleito sin más pruebas ni documentación.

El hombre hizo una reverencia y se dirigió hacia la puerta. Don Sandino ocupó su lugar ante el rey.

—Adelante, no tengáis miedo —le dijo a Vela el hombre que la dejaba adelantarse.

Pero Vela sí lo tenía. No se atrevió a mirar al rey a la cara. Parecía tan alto en su trono que no podría verlas a ella y a su pobre hija. Sentó a Toda en posición vertical y se arrodilló en el suelo detrás de ella, inquieta.

Increíblemente, el rey asintió con la cabeza a Vela.

—No es necesario que os arrodilléis ante mí. Poneos de pie.

La boca de Vela se abrió, pero no salió ningún sonido. Don Sandino hizo una reverencia y dijo:

—Majestad.

—Buenos días, don Sandino —dijo el rey apartando la mirada de Vela—. ¿Qué os trae a nuestra audiencia hoy?

—Encontré a esta buena mujer en la catedral. Perdonadla si no se levanta. Está muy cansada de llevar a su hija en brazos toda la mañana.

—¿Por qué ha de llevar a la niña?

—Esta mujer, de nombre Vela, estaba rezando a los Santos Cosme y Damián para que sanaran a su hija. La han examinado todos los médicos de Córdoba durante los últimos tres años, y aunque Vela ha gastado una fortuna en sus remedios y consejos, ninguno la ha podido ayudar. Cuando vi el cuello de la niña, supe que debía traerla a vos de inmediato. La niña padece el mal del rey. Sabía que vos, Majestad, en vuestra gran misericordia, podríais eliminar el sufrimiento de esta niña cuando tantos médicos no pudieron, y mejor que el Rey de Francia o . . .

—Callaos, quedaos quieto. Ya puedo daros mi respuesta.

El rey negó con la cabeza. El carbunclo rojo en la parte delantera de su corona dorada brillaba a la luz del sol.

—Cotorreáis como una cigüeña, pero lo que decís no vale ni un mal higo. Cuando decís que tengo poderes milagrosos, os ponéis en ridículo. No tengo tales poderes. Solo soy un hombre que, por la gracia de Dios, sirve a sus súbditos como rey. Fíjate bien en esto, Fernando.

El chico a su derecha se sentó hacia adelante y casi se cayó de la silla. El rey se dirigió a Vela directamente, y por un momento no pudo escuchar lo que decía aturdida por su corazón palpitante.

—Haríais bien en dejar de acudir a la medicina y los médicos terrenales. Nunca podrán ayudar a vuestra hija.

Tres años de pedir ayuda a los médicos y esconderse en casa porque los vecinos le escupían y maldecían, la aterradora mañana de despertar con el estertor de la muerte de su hija y dudar de que tuviera fuerzas para llevar a Toda a una última posibilidad en la catedral, la esperanza surgida en forma de don Sandino . . . todo arrasado en lo alto de una torre en presencia de un rey que dio voz a los peores temores de Vela. Toda era condenada a una muerte desesperada y dolorosa que ni siquiera el peor pecador se merecía, y tal vez antes de que Vela pudiera llevarla a casa.

Una lágrima cayó por la mejilla de Vela. Cuando golpeó el

manto de Toda, pareció resonar en la cámara. El rey pareció no darse cuenta.

—Pero la fortuna está con vos. Conozco a alguien que puede ayudaros. Escuchemos misa juntos.

El rey se puso de pie y su túnica caía graciosamente alrededor de su cuerpo. Saludó con la cabeza al príncipe que ocupó el lugar de su padre en el trono. El rey don Alfonso cruzó la sala, la multitud le abrió paso y don Sandino se colocó detrás.

Vela se preguntó durante un instante qué harían las otras personas que esperaban, luego levantó a Toda, que sollozaba amargamente, en sus brazos. No alcanzaba los rápidos pasos de los hombres hasta que la esperaron en el portal de la torre del homenaje. El guardia le guiñó un ojo a Vela y esta casi dejó caer a Toda por la sorpresa.

Cuando sus ojos se adaptaron a la luz, Vela vio a todos los soldados en el patio, puliendo sus armas y limpiando el cuartel. Ni el rey ni don Sandino estaban tan asombrados como ella, por supuesto. El rey recibió las reverencias de los soldados con un saludo amistoso, pero fue directamente a la puerta de la torre opuesta a la que acababan de dejar.

—Gracias a Dios y a todos los santos —dijo Vela cuando, a través del arco, vio que los hombres no subirían escaleras. Una gran puerta al costado de la escalera se abría a una capilla, donde el sacerdote escuchaba las instrucciones del rey. Toda hablaba tan débilmente que su madre tuvo que acercar la oreja a la boca de la niña.

—Mamá, estoy tan cansada. ¿Podemos volver a casa?

—Vamos a una capilla ahora donde puedes descansar —dijo Vela, pero marchó directamente hacia don Sandino. Este se detuvo cerca del altar, al lado del rey y Vela susurró para que el rey no la oyera—. ¿Le preguntasteis al rey qué piensa hacer?

—Es la Santísima Madre de Dios —dijo, radiante—. El rey dice que es Santa María quien os va a ayudar.

Vela había esperado otro médico, o incluso el médico personal del rey. ¿Por qué estos hombres pensaban que la Virgen podría proporcionar un remedio donde San Cosme y San Damián no podían?

—Estimada señora —dijo el rey—, por favor, descansad con vuestra hija en este banco. El sacerdote va a rezar una misa, y luego yo prepararé personalmente la medicina celestial que necesita vuestra hija.

Aturdida, Vela se sentó y ayudó a Toda a envolverse en su manto para abrigarse. La cabeza de la niña cayó sobre el hombro de su madre antes de que el sacerdote volviera de la sacristía. Se arrodilló frente a la imagen de Santa María y Vela se fijó en ella por primera vez. La Santísima Virgen lucía una delicada corona de hilos de oro con cristales que colgaban de los picos y refulgían a la luz de las velas. Sus ojos brillaban con la misma intensidad y con su media sonrisa parecía contemplar la capilla como una buena reina contemplaría a sus súbditos, tranquila y paciente. Una voluminosa capa de terciopelo púrpura tachonado de joyas cubría la mayor parte de su cuerpo, su Hijo se sentaba recto en el centro de su regazo, con la mano levantada en señal de bendición.

Mientras el sacerdote entonaba una «Salve Regina», Vela sintió que la bendición de la Virgen y el Niño las envolvía a ella y a Toda, que dormía plácidamente. Vela no se atrevió a ponerse de pie ni arrodillarse con el rey y don Sandino por temor a perturbar el sueño de su hija. Podría ser precisamente lo que la sanara después de todo ese tiempo, con ayuda celestial.

No notó el paso del tiempo hasta que terminó la misa y el sacerdote se colocó junto al altar, esperando las instrucciones del rey.

—Por favor, quitadle la capa a Nuestra Señora —le dijo el rey. Vaciló, pero el rey se volvió a don Sandino.

—Don Sandino, ¿seríais tan amable de conseguir un balde de los soldados en el patio y llenarlo con agua limpia de la cisterna?

El noble también dudó un momento, pero al final hizo una reverencia leve y abandonó la capilla. Vela no pudo evitar preguntarse qué tenía el rey en mente. Vio cómo el sacerdote quitaba la capa de la Virgen y la doblaba con cuidado antes de llevarla a la sacristía. Aparte de los rostros coloreados, la imagen era de madera sin pintar y bultos sin forma que semejaban ser brazos y piernas más una silla. Claramente no estaba destinada a ser desnudada de esta manera. Vela se sintió igual de desnuda cuando se dio cuenta de que ella y su hija estaban a solas con el rey.

—No tengáis miedo —dijo. Su voz era cálida y Vela quería creer que no había razón para temer.

El sacerdote salió al altar.

—Perdonadme, Reina Santa —le dijo a la imagen—. No sé qué plan tiene el rey, pero estoy seguro de que pronto volveréis a vuestra dignidad acostumbrada.

Miró de reojo al rey. Vela se maravilló de su osadía. ¿No tenía el rey la máxima autoridad, incluso aquí? El rey don Alfonso pudo haber dicho algo, pero don Sandino regresó con el balde lleno de agua.

—Muy bien —dijo el rey—. Dejadlo aquí, frente a esta buena mujer y su hija.

Vela sintió que su rostro ardía de vergüenza. Toda se despertó bruscamente.

—¿Qué pasa? —Toda dijo con voz ronca.

—No lo sé, cariño —dijo Vela y ambas miraban con los ojos muy abiertos cuando el rey se arrodilló y se santiguó murmurando, luego levantó con cautela a la Virgen y el Niño del altar y llevó la imagen en alto como en procesión hasta Vela y Toda. La sumergió en el balde lentamente para que el agua no se derramara.

El sacerdote se llevó las manos a la cabeza como para contener su sorpresa, luego se persignaba una y otra vez, pero no se atrevió a decir nada contra los deseos del rey.

Don Sandino se apresuró a ayudar colocando su mano sobre la imagen para que no se moviera mientras el rey echaba hacia atrás las mangas.

El rey don Alfonso miró hacia atrás.

—¿Seríais tan amable de traer un paño de lino?

El sacerdote se lanzó a la sacristía y regresó con un paño. Se detuvo al lado del rey, indeciso, mientras su majestad esparcía el agua limpia por los rincones de la estatua con sus reales dedos desnudos. Acarició los ojos y los labios de ambos rostros con especial cuidado, luego lo sumergió todo por última vez y extendió la mano en busca del lino.

Vela estaba segura de que la limpieza se llevaría parte de la pintura de la imagen, por no hablar de lo que el agua podría hacerle a la madera desnuda. Pero cuando el rey secó la imagen sobre el cubo, asegurándose de que no se perdiera nada de agua, era evidente que la estatua había salido más iluminada que antes. Los labios bermejos y los espirales dorados brillaban y Vela ni siquiera podía mirar el azul de sus ojos. No pudo evitar inclinarse para mirar dentro del cubo y no había rastros de pintura, astillas o incluso polvo.

—Ya —dijo el rey satisfecho—. Podéis volver a ponerle la capa ahora.

Le entregó la imagen al sacerdote, quien la manipuló torpemente un poco antes de volver a colocarla meticulosamente sobre el altar.

Cuando el sacerdote volvió a la sacristía a por el manto, el rey levantó el cáliz del altar. Lo llevó al balde y, mirando a Vela a los ojos, dijo:

—Este es el cáliz donde el vino humilde de los viñedos se convierte en la sangre de Cristo que nos salva. Usadlo para que vuestra hija beba de esta agua pura en la que he lavado la imagen de la Santísima Virgen y el Niño.

La garganta de Vela estaba muy seca para poder expresar su sorpresa. El rey puso el cáliz en sus manos temblorosas. Lo sumergió en el cubo y lo llevó a los labios febriles de su hija.

—Bebe, Toda. Es buena. Te sanará.

Lentamente, con cuidado, inclinó la copa hacia Toda, quien bebió con indiferencia, dejando que le goteara por la barbilla.

—¿Así, Majestad? —Vela preguntó sin mirar al rey a la cara.

—Muy bien —respondió desde arriba—. Dejad aquí el balde lleno de esta agua y venid todos los días a dejar con vuestra hija para que beba durante tantos días como letras hay en el nombre de María.

Vela miró la mano que don Sandino movía detrás del rey con los cinco dedos extendidos.

—Cinco, así que, si este es el primero, vendremos cuatro días más.

—Exacto —dijo el rey don Alfonso—. Al quinto día su sufrimiento terminará y la niña sanará.

Vela se sintió abrumada por la gratitud. Agarró las manos reales y besó cada uno de los ocho anillos que tenían.

—Guardad vuestro agradecimiento para la Madre de Dios cuando vuestra hija esté bien —dijo y suavemente retiró las manos—. Don Sandino, no deberían tener que viajar para venir aquí todos los días. Mostradles las habitaciones de invitados en el jardín. La niña disfrutará de las plantas y los estanques cuando se sienta mejor.

Don Sandino y Vela se inclinaron y el rey salió de la capilla. Vela esperó mientras don Sandino le explicaba al sacerdote lo que sucedería en los próximos días. Arregló el manto de Toda y le acarició la cara. ¿Estaba un poco menos cálida? La niña le pesaba menos cuando Vela siguió a don Sandino por el patio hasta los jardines.

—Mira, Toda. ¡Tantos árboles diferentes! Y escucha las fuentes.

Los sonidos del río que se escuchaban siempre en su hogar nunca habían sido tan reconfortantes. Toda suspiró. ¿Tenía menos dolores?

Don Sandino abrió la puerta de una habitación construida contra el muro que cerraba los jardines del castillo. La luz entraba por una ventana a una cama grande y una mesa con un espejo, un lavabo y un par de libros encima. Había mucho espacio debajo de la mesa para colocar un baúl lleno de ropa, pero Vela no tenía equipaje. Éstos debían de ser los aposentos de los dignatarios visitantes.

—Espero que os sentáis cómodas aquí mientras vuestra hija se recupera —dijo don Sandino.

—¿Queréis decir que esta no es vuestra habitación? —dijo Vela—. ¿Nos quedamos aquí, en el palacio?

Dejó a Toda en la cama y la niña se sentó mirando alrededor la riqueza nunca vista.

—Os traeremos comida aquí para que no tengáis que preocuparos por nada —dijo ante la mirada fija de Toda—. Y veré si podemos encontrar un juguete. La niña necesitará algunos pronto.

Vela se arrodilló y le besó las manos.

—No sé qué he hecho para merecer ese trato después de tantos años de rechazo. ¿Hay algo que pueda hacer para compensaros

a vos y al rey? Puedo coser y remendar, cardar y tejer, hacer hilo
. . . Podría esquilar ovejas, pero estoy segura de que ya lo han
hecho este año.

—No hay necesidad. Cuidad a vuestra hija —dijo. Cerró la
puerta al salir.

Vela se acercó a la ventana y lo vio encaminarse al castillo.
Cuando se dio la vuelta, Toda estaba moviendo las piernas y
parecía que se iba a caer de la cama. Vela la tomó en brazos.

—¿Qué quieres, mi amor?

—¡Ventana! —dijo Toda. Su madre la llevo hasta la ventana
y la dejó en el banco acolchado para que pudiera contemplar
los jardines. Su respiración parecía más normal de lo que había
sido durante días, si no semanas. Cuando Vela puso su mano en
la frente de Toda, parecía tibia, pero no ardiente. Vela se extasió
en paseos imaginarios por los jardines.

Cuando vieron llegar el paje real con una gran bandeja, Vela
se dio cuenta de que tenía hambre en demasía para hablar. Abrió
la puerta al sirviente que las saludó y colocó la bandeja en sus
manos, quitando la tapa de madera con un ademán ostentoso.

Había dos platos de cerámica rebosantes de carne, pescado,
arroz y verduras, con enormes trozos de pan blanco a un lado,
así como una jarra llena de vino. También había tres cuencos
con diferentes salsas de colores y otro cuenco con pétalos de
rosa flotando en la superficie. El paje se fue antes de que pudiera
preguntarle para qué era, pero pronto se dio cuenta de que era
para enjuagarse las manos entre platos.

Vela llevó la bandeja a la cama.

—¿Qué te gustaría comer? Aquí tenemos todo lo que se puede
desear —le dijo a su hija.

—No tengo hambre —dijo inclinando la cabeza.

Vela la acostó en el lado de la cama sin bandeja y Toda se

quedó dormida. Vela limpió el plato. No estaba segura de qué salsa usar con qué carne, así que las probó todas con todo. Los ricos sabores se superpusieron unos sobre otros, instándola a añadir más a su paladar. Hizo una pausa y miró a su hija antes de limpiar la cerámica con el pan y devorarlo también.

El otro plato estaba destinado a Toda. Vela todavía sentía un gran vacío en el estómago. No había forma de que su hija se comiera toda esta comida. Terminó las salsas, la carne, el pescado y las verduras, pero dejó algo de arroz y pan, por si acaso. Saciada por fin, depositó la bandeja junto a la puerta y se acostó al lado de su hija a dormir.

Clareaba ya por la ventana, cuando Vela se despertó con los ronquidos de Toda. Tocó la frente de su hija y estaba fresca, sin fiebre por primera vez en tres años. Vela derramó una lágrima de alegría. Entonces alguien llamó a la puerta.

Pasó por encima de la bandeja y abrió a una mujer robusta. Sostenía una muñeca de lino, cosida y vestida con una túnica de terciopelo rojo, con pelo de hebras de seda dorada atadas bajo una gorra de lino blanco. La muñeca podría haber pertenecido a la doncella de una reina o a una dama con muchas tierras; mucho mejor que cualquier muñeca de trapo que ella hubiera hecho con los trozos de lana que antaño tuvo que vender para pagar a los médicos.

—Buenos días. Estoy aquí para ayudaros a llevar a vuestra hija a la capilla para la misa. Y tengo este regalo para ella —dijo. Le tendió la muñeca y Vela la tomó con respeto, apenas atreviéndose a tocar algo tan fino.

—Es tan hermosa —dijo—. ¿De dónde viene?

—La reina supo de vos y de vuestra hija ayer, y por la tarde, entre todas sus damas, encontramos sobras y la cosimos.

—Muchas gracias. ¡Qué maravillosas sobras tiene la reina!

—dijo llevando la muñeca a la cama—. Toda, cariño, es hora de despertar. Y mira lo que la reina y sus damas hicieron para ti.

Aun jadeando, la niña abrió los ojos. Hizo un sonido entre una tos y un jadeo de placer y llevó la muñeca a su corazón.

—Es hora de ir a la capilla —dijo la mujer. Se inclinó sobre Toda y la cogió en sus brazos con la muñeca. Los antiguos amigos de Vela se apartaban y acusaban a Toda de estar endemoniada, por eso la ternura y sencillez de la mujer le pareció a Vela algo extraordinario.

—Hoy no tiene fiebre. ¡Creo que la medicina de la Santísima Virgen ya está obrando! —Vela balbuceó mientras regresaban al castillo a través de los jardines. Ya no sentía el agotamiento del día anterior.

Junto con muchas otras personas de la corte del rey, don Sandino estaba en la capilla para asegurarse de que el sacerdote siguiera las instrucciones del rey. Se sentó en el banco al otro lado de Toda, pero podían ponerse de pie o arrodillarse a medida que avanzaba la misa. Vela miró a los ojos de la imagen y rezó fervientemente por aliviar la fiebre de su hija. Toda se sentaba pacientemente, apretando levemente a su muñeca y tosiendo de vez en cuando, pero sin peligro de caerse del banco.

Cuando el sacerdote hubo limpiado el cáliz y doblado la ropa, don Sandino sacó el cubo de un lado del altar. Miró con severidad al sacerdote, que levantó el cáliz con ambas manos y se lo entregó a Vela.

—El remedio podría ser aún mayor si se lo dais vos a mi hija —dijo Vela—. Solo soy su madre, pero vos sois el mediador de Dios.

—Muy bien —resopló el sacerdote, pero relajó el rostro. Introdujo el cáliz en el agua con sumo cuidado y lo llevó a los labios de Toda. La niña tosió y el sacerdote dio un paso atrás, pero volvió a intentarlo de inmediato. Esta vez Toda aceptó el agua, derramando un poquito sobre la gorra de su muñeca.

Más tarde, cuando llevaron la bandeja a la habitación, Toda comió un poco de carne, arroz y pan. Por la tarde, sostenía su muñeca en el banco junto a la ventana y miraba las imágenes que Vela señalaba en los libros de la mesa. Estuvieron de acuerdo en que la Virgen María de los dibujos se parecía mucho a su muñeca. Cuando Vela vio monstruos extraños pasó la página. Después le entró sueño a la niña y Vela notó que su respiración se tornaba suave y sin dificultad, exactamente como debería respirar una niña de seis años con sueño.

Se sentía tan feliz y agradecida que apenas durmió antes de que el sol se asomara por la ventana y sorprendiera a Toda haciendo que la muñeca bailara una jota canturreando.

—Hola, mamá —dijo como si todos los días empezaran de esa manera.

Vela contó. Era el tercer día y su hija ya era otra. Vela se sintió entusiasmada al imaginar cómo sería de diferente la vida al quinto día. Casi se cayó al abrir la puerta a la doncella de la reina.

Don Sandino no estaba en la capilla esa mañana, pero después de que Toda bebió de la mano del sacerdote, Vela se inclinó para besarla y apenas se apreciaba el enrojecimiento en el cuello de Toda. Los bultos todavía empujaban el lóbulo de la oreja hacia arriba, pero la mayor parte de la inflamación era un mal recuerdo.

Ese día, en la habitación, Toda sonrió y comió, comió y sonrió, hasta que terminó su plato. Vela le dejó untar toda la salsa que quiso. Estaba muy ocupada jugando con su muñeca para mirar las imágenes de los libros.

—Fuente —dijo—. ¿Podemos ir a la fuente?

—Está bien, pero solo por un ratito —dijo Vela. El sol se ponía.

Llevó a Toda a la fuente burbujeante que veían desde la ventana, la hizo sentarse cómodamente con la muñeca apartada del agua. La niña puso su mano en el chorro de agua salpicando a su alrededor y riéndose despreocupadamente. Vela apenas reconocía la voz de su hija con aquella alegría infantil.

Por la mañana del cuarto día, Vela se despertó cuando Toda retiró de las mantas de su lado.

—¿Por qué tienes tanto sueño, mamá? —dijo—. Es hora de visitar a Santa María.

Tenía razón. La doncella de la reina llamó a la puerta. Vela se apresuró a prepararse mientras la criada peinaba a Toda. Cuando las miró, la criada había recogido el cabello de Toda en dos trenzas. El sol de la mañana se reflejaba en su cuello como en un espejo porque la piel estaba libre de rojeces y perfectamente lisa. Su pequeño lóbulo de la oreja colgaba hacia abajo, libre de la presión de las ronchas.

—Qué niña tan bonita —dijo la doncella de la reina, y la tomó en sus brazos.

Vela cogió la muñeca de la cama y la siguió. Le entregó la muñeca a su hija, quien sonrió. Vela no pudo evitar sonreír también.

—Apenas puedo creer lo bien que está. Es solo el cuarto día y no le hemos dado ningún baño caliente ni jarabes medicinales aparte del agua del balde.

—Alguien que no se cura después de muchos años de tratamiento médico, o que nunca se recupere, siempre puede recuperarse con Santa María —dijo la criada—. Todos en la corte sabemos que el poder de Santa María es mayor que cualquier medicina.

Vela se fijó en la imagen majestuosa del altar tratando de entender su media sonrisa plácida. No pudo evitar pensar en lo que había debajo de la voluminosa capa púrpura. Al quitárselo, María y su Niño eran tan simples como Vela y Toda. ¿Cómo era posible que esta reina de madera hiciera tantas maravillas en su hija?

Un movimiento inesperado a su lado la sacó de su ensimismamiento. Toda estaba de pie, sola. Era una imitación perfecta de los adultos, se arrodillaba suavemente e incluso se aseguraba de que la muñeca también mostrara el debido respeto. Vela cruzó las manos y rezó a Santa María y a su Hijo, aunque no era el momento adecuado de la misa. Se podía escuchar a otros miembros de la corte detrás de ellos murmurando al darse cuenta de que se trataba de la misma niña que había padecido un montón de sufrimientos solo unos días antes.

Cuando el sacerdote trajo el cáliz, Toda se levantó para recibirlo. Bebió el agua clara y se secó la boca con la manga. La doncella de la reina iba a cogerla, pero Vela la detuvo.

—Toda, ¿puedes caminar sola de vuelta a nuestra habitación? ¿Quizás si te cojo de la mano?

—Vale, mamá —dijo la niña, tomando su mano y poniéndose en marcha, la muñeca en su otro brazo. Caminaron por el patio de armas del castillo y todos los soldados se detenían para mirarlas boquiabiertos. Toda comenzó a saltar y tirar de su madre para ir más rápido.

Salieron del castillo. El sol brillaba en los estanques y una ligera brisa jugaba entre las hojas de los árboles. Toda miró a su madre con un brillo travieso en los ojos. Soltó su mano. Antes de que Vela supiera lo que estaba sucediendo, Toda echó a correr y se perdió en el jardín. Solo su risa la delató.

Vela cayó de rodillas en el césped y lloró dando gracias a la Señora Santísima que da vida a los que aman a su Hijo.

Hilos desteñidos

Cantiga 341

Le-Puy-en-Velay, Francia, siglo XIII

Me gusta subir los 268 escalones a la capilla de Saint Michel en su pináculo de roca tan a menudo como puedo porque Saint Michel debe ser honrado. Pero también, desde aquí arriba, el valle se abre debajo de mí como si fuera un pájaro. Las hojas de los árboles y arbustos bailan muy abajo, ya sean amarillas con la primavera u ocres con el otoño. Las montañas se alzan alrededor del río como lomos de dragones, majestuosos, incluso mientras duermen. La obra de Dios en ningún otro lugar es más evidente que aquí.

Cuando el viento azota mis faldas raídas alrededor de mis piernas y tengo que poner la mano sobre la cabeza para que la gorra no se vaya volando, me recuerda que no debo dejar que la belleza me abrume, o podría caerme y acabar destrozada en los techos de abajo.

Mi padre subía aquí todos los días. Me dejaba subir

tantos escalones como mis piernecitas pudieran y luego me llevaba en brazos. Me arrodillaba a su lado en la capilla y susurrábamos oraciones por mi madre. Tengo suerte de que mi padre me cuidara tan bien después de la muerte de mi madre. Tengo aún más suerte de que Raoul se haya casado conmigo antes de que mi padre falleciera porque así nunca fui huérfana. Nunca estuve sola. Ahora principalmente soy esposa. La esposa del sastre, nada menos. Y tal vez, algún día, también seré madre.

Antes de casarnos, Raoul me acompañaba en mis paseos hasta St. Michel, encendía velas y recitaba oraciones conmigo. Me dijo que me haría vestidos aún más finos que los mantos de la Santísima Virgen. Cuando tuviéramos nuestro primer hijo, dijo, cubriría toda la capilla con paños de oro para el bautismo. Me reí, sabiendo que no iban a hacerlo ni siquiera por el bautismo de un príncipe.

Raoul está en el mercado de Saint Etienne. Es la primera vez que se ausenta tanto tiempo y creo que me sentiré sola. Mientras bajo los escalones, decido pedirles a Amée e Isabeau que me ayuden a clasificar y cardar la lana que me dejó esta mañana. Tengo que evitar pisar muy fuerte con mi tobillo izquierdo o no resistirá mi peso. Debo haber tropezado en los escalones mientras subía. Eso les diré a mis amigas.

Amée e Isabeau viven con sus padres, el molinero y su esposa, cerca de la Catedral de Nuestra Señora de Le Puy, así que me detengo en el altar y rezo por la rápida curación de mi tobillo. En presencia de la Santísima Virgen, Madre de todos, me siento tan protegida y en paz, es casi como si no fuera huérfana.

Cuando llamo a la puerta de su casa, Amée responde y me invita a pasar. Sus ventanas abiertas y el fuego del hogar me acogen cálidamente, pero me quedo en el umbral.

—Tengo mucha lana para preparar tela. ¿Podríais tú e Isabeau ayudarme hoy?

Las chicas abrazan a su madre, le dicen au revoir y me acompañan charlando y riendo calle abajo. Mi tobillo me da punzadas y se hincha, de modo que los cordones de mis botas se me clavan, pero me mantengo en silencio. Pongo la atención en mis amigas para olvidarme de la incomodidad.

—Cateline, ¿no debería el sastre utilizar telas nuevas fabricadas por otros? —pregunta Amée.

—Ahí es donde está Raoul ahora —explico—, comprando telas en Saint-Etienne. Pero dijo que el alcalde le dio lana para que le hiciera un manto, así que hay que utilizar lo que nos entregó. Podemos hacer mejores telas que las que mi esposo pueda comprar en cualquier lugar, ¿verdad, chicas?

Animada por su presencia, sonrío y saludo a todos los que vemos en el camino.

Cuando abrimos la puerta de la tienda, veo que la dejé hecha un desastre. Las ventanas están cerradas y la lana es una sombra gris que se extiende desde la mesa de trabajo hasta la habitación trasera, donde sé que está sobre la cama. Amée e Isabeau me miran y luego se miran la una a la otra. Me arrepiento de haber dejado pasar más de un año desde la boda para invitarlas a casa y luego escoger este momento exacto, pero no dicen nada.

Isabeau abre las ventanas y enciende la hoguera mientras Amée me ayuda a juntar la lana en un montón manejable sobre la mesa de trabajo. Los ratones se esconden en las paredes con trozos de pelusa robados cuando nos instalamos en lo que eran sus dominios. Pronto nos acomodamos en los bancos separando la lana con los cardadores.

—El manto va a ser negro con bordados azules y dorados —explico—. Creo que aquí hay suficiente para hacer tanto la tela como los hilos de bordar. No estoy segura de si conseguiremos algún hilo dorado, así que tal vez deberíamos dejar aparte algo de este lío para teñirlo de amarillo, por si acaso.

Siempre encuentro una manera de salvar una situación en caso de que algo salga mal.

—Trabajas mucho —dice Amée—. Raoul ni siquiera necesitará un aprendiz contigo aquí. Debe besar por donde pisas.

Mi tobillo se estremece al pensarlo y mi pierna salta. Isabeau se fija en mi movimiento y me doy cuenta de que los hilos desteñidos se han soltado en la parte inferior de mi falda y están enganchando la puntera de mi bota abierta de tanto desgaste.

—Yo pensaba que la esposa del sastre sería la dama mejor vestida de la ciudad —dice Isabeau como si no se dirigiera a nadie en particular.

—Este es mi mejor vestido —digo sin pensar. Amée e Isabeau lo saben: en ausencia de mi madre, me colocaron las guirnaldas en la cabeza en mi boda. Ese día, me puse el vestido por primera vez, de terciopelo verde, y me sentí como una reina caminando hacia la puerta de la iglesia. Gasté mi vestido de trabajo el primer año, luego mi vestido de gala se hizo harapos, pero Raoul siempre tiene un destino para la tela que trae a la tienda. He estado remendando mi vestido de novia con retales que no valdrían ni para ponerlas en el cepillo de la catedral.

Amée e Isabeau cardan la lana en silencio. Me concentro tanto que me sobresalto cuando Amée estornuda y tose.

—La pelusa también me seca la garganta a mí —dice Isabeau—. ¿Tienes algo de beber?

Me da un escalofrío que me congela el corazón.

—No.

—¿Nada? —dice Amée.

—¿Nada de nada? —dice su hermana, dejando su trabajo.

—Hay nueve odres en el arcón —digo señalando. No hace falta decirles que Raoul se ha llevado la llave a Saint-Etienne. Pueden ver la cerradura.

—¿Qué vas a beber hoy y hasta que tu marido regrese? —pregunta Isabeau.

—Iba a llenar un balde en el arroyo. Está limpio, ¿no?

—¿Agua? ¿Del arroyo? El sastre puede permitirse que su esposa beba vino o al menos cerveza, ¿no es así?

—¿Qué hay de comer? ¿Qué vas a comer hasta que vuelva Raoul? —dice Amée.

No tengo respuesta.

—¿Raoul espera que te mueras mientras él no esté? Es lo que parece.

—¿Qué has hecho para que se porte así? —pregunta Isabeau.

No respondo porque sinceramente no lo sé y porque el dolor me impide hablar. Esta mañana, antes de partir hacia Saint Etienne, Raoul recibió la lana suelta del mensajero del alcalde. Me desperté aplastada bajo algo pesado y deforme y por las voces de mi marido gritándome como si estuviera sorda.

—Haz algo mientras yo no estoy. ¡Gánate el sustento! Prepara esta lana para el manto del alcalde y no malgastes nada. ¡No puedo darme el lujo de alimentarte y además pagarle al tintorero!

Sacudí las fibras peludas y luego él sujetó mis brazos a mis costados. Aspiré una pelusa y me atraganté mientras Raoul me torcía el tobillo izquierdo y me tiraba al suelo. Cuando recuperé el aliento y me quité el resto de lana del camisón y del pelo, mi marido se había ido.

Ahora siento mi tobillo como atravesado por un hierro candente.

Raoul me eligió porque me amaba. Mis amigas lo presenciaron todo. No era necesario salvarme de mi orfandad después de la muerte de mi madre, pero me quería. Llevaba cintas de seda de todos los colores de regalo a la casa de mi padre y nunca dejaba de decirme lo hermosa que estaba con ellas. Las cintas ya no están y tal vez mi belleza también se haya perdido remendando mis vestidos ajados. ¿Será por eso por lo que ya no me quiere? ¿Trabajar mucho podría devolverme su amor?

—Solo soy una huérfana. Tengo suerte de que Raoul me haya aceptado.

—Ninguna de las dos está casada —dice Amée mientras me abrazaba.

—El aprendiz de papá seguro que pide por mí en cualquier momento —dice Isabeau buscando algo para secarme las lágrimas.

—Pero nuestro padre nunca permitiría que nuestros maridos nos trataran así —termina Amée—. Tiene que haber algo en lo que te podamos ayudar.

—Somos las hijas del molinero —dice Isabeau—. Podemos guardar aparte un poco de grano para ti, llevarlo al horno y traerte un poco de pan.

—Tonta —dice su hermana—. Cateline, te llevaremos a vivir con nosotras y te daremos todo el pan que puedas comer y todo el vino que puedas beber.

Mi resistencia se desvanece cuando me mareo por el dolor y pienso en irme con ellas, pero si me trata mal sin provocarle, si me llego a escapar, seguro que me persigue y hasta sería capaz de matarme.

—No puedo irme de aquí. Raoul volverá y verá que me he ido.

—Que haga lo que quiera aquí. Tú estarás con nosotras —dice Isabeau, levantándome del banco. Me sostiene para que apoye mi tobillo, lo cual me sorprende porque no me he quejado. Amée echa tierra al fuego para que se apague, y salimos como si nunca hubiera lana para trabajar.

Su casa huele muy bien por el potaje burbujeante en la chimenea. Isabeau me sienta en un banco y me dice que revuelva la olla si hierve. Soy útil a pesar de mi pierna. Apoyada en el banco, me duele menos, pero parece que mi bota va a estallar.

Amée ha estado cuchicheando con su madre que me mira con el ceño fruncido. Cuando se acerca a mí, mi corazón late con fuerza. ¿Me echará de vuelta a la calle?

Observa mi tobillo. Me estremezco.

—Oh, pobrecita —dice inclinándose para cogerme entre sus brazos maternales. —No tienes a nadie en el mundo que te proteja.

Las lágrimas se escapan de mis ojos y lloro incontrolada cuando ella se endereza y dice:

—Por supuesto que puedes quedarte aquí todo el tiempo que necesites.

No oigo ni veo nada hasta que la cuchara que sostengo cae sobre la chimenea. Amée la rescata con mano experta y su madre se sienta junto a mi tobillo como si nada hubiera pasado. Con delicadeza, desata el cordón de mi bota, me seco las lágrimas y miro su vestido. El molinero debe tener dinero de sobra. Ninguna de sus ropas ha sido remendada, sino que son brillantes y nuevas.

—Pareces una buena mujer —dice su madre sacando el cordón de la bota—. ¿Por qué te trata de esta manera?

—No lo sé —digo antes de que los sollozos me atraviesen de nuevo. Amée me sujeta por las axilas y su madre quita la bota de mi pie hinchado. Apenas lo siento. Amée me suelta y entre sus jadeos, digo:

—Debe haber alguna razón. ¿Qué podría ser?

La pregunta me persigue durante los próximos tres días a pesar de la comida y el vino, la cama grande y suave que comparto con las hermanas y los cuidados que recibe mi tobillo. Recuerdo la forma en que Raoul solía protestar cuando ayudaba en el taller. «Deja eso para los aprendices», decía. «Mi esposa no tiene que trabajar». Me sonrojaba de orgullo. Si me hubiera lesionado el tobillo hace dos meses me habría dejado sentada junto a la chimenea y me habría traído tés y cataplasmas, como hacen ahora Amée e Isabeau. Pero algo sucedió hace dos meses, porque desde entonces tener marido ha sido peor que ser huérfano.

El segundo día el molinero llega a casa con un paño que ha pasado bajo el manto de Nuestra Señora de Le Puy. Lo coloca sobre mi tobillo, está fresco y reconforta. Rezamos el Ave María cinco veces, y cuando terminamos, me atrevo a mover el pie. Casi puedo hacerlo sin dolor y a la mañana siguiente ya no hay hinchazón. El molinero, su esposa y sus hijas se dan la mano y bailan alrededor de la cama mientras yo aplaudo.

Estoy sentada en la chimenea de nuevo con Isabeau, mi

pierna está mucho mejor, aunque aún débil, cuando Amée irrumpe en el portal con la cara blanca.

—Se corre la voz por la ciudad. El sastre quiere saber dónde está su esposa.

Respiro hondo y me pongo de pie sin ayuda.

—Bien. También yo tengo que hacerle una pregunta.

Me tambaleo y me agarro al banco. Amée e Isabeau corren en mi ayuda, pero ya estoy de pie y mantengo un equilibrio precario.

—¿Estás segura de que quieres verlo ahora? —pregunta Isabeau.

—¿Por qué no descansas unos días más? ¡Déjalo que te busque! —dice Amée.

—No, necesito hablar con él ahora y hacerle una pregunta —digo—. Si me ayudáis a ir hasta donde está.

Amée, Isabeau y su madre me rodean mientras atravesamos la calle. Mantener su ritmo, a veces saltando sobre mi pierna fuerte, me distrae del castigo que estoy segura que me espera. Solo tengo tiempo para rezar el Ave María y pedirle a la Virgen Madre que me proteja mientras me presento ante el juicio de mi marido.

Las chicas me dejan abrir la puerta y me apoyo en la jamba. Dentro está peor que lo dejé. No recuerdo haber esparcido la lana suelta por el suelo y la chimenea, después de que Amée, Isabeau y yo la recogiéramos con tanto cuidado, está sucia. El misterio se resuelve cuando Raoul se lanza hacia la puerta del dormitorio, cubierto de pelusa. Cuando nos ve, se queda muy sorprendido, pero rápidamente se repone.

—¿Dónde has estado? ¿Por qué no has preparado esta lana para el alcalde?

Me quedo paralizada por el miedo. ¿Qué fue de su amor?

¿Cómo lo perdí? ¿Cómo puedo recuperarlo? No puedo vivir con un marido que me odia. Casi sería mejor estar sola en el mundo.

Amée toma mi mano y echa la cabeza hacia atrás.

—Cateline también tiene que hacerte una pregunta —le dice a Raoul.

—¿Oh? ¿Cuál? —pregunta. Levanta los puños, respondiendo a un desafío desconocido.

Respiro hondo y me santiguo, confiando en la Madre de Dios. Mientras Raoul se quede al otro lado de la habitación, puedo seguir.

—Marido, me gustaría saber si crees que las personas que no han cometido ningún delito deberían ser castigadas.

Deja caer los puños y ladea la cabeza.

—¿Por qué me lo dices?

—Porque veo que andas siempre enojado conmigo y eso me asusta. Nada deseo tanto que saber por qué —digo. Parpadeo para contener las lágrimas.

Se acerca a mí e intenta cogerme las manos, pero no lo dejo.

—Me han dicho hombres dignos de confianza que me engañas y eso me duele mucho.

—¿Quiénes son? —pregunta Isabeau—. ¿Con quién dijeron que Cateline os engañó? ¿Cuándo os contaron estas mentiras?

Mi marido no le hace caso.

—Preferiría estar muerto que tener tal esposa. Nunca lo podré perdonar. ¡Que la desgracia caiga sobre todas las que deshonran a sus maridos!

—No soy una de esas —digo.

—Que Dios te dé fuerza para soportar una acusación tan

falsa —dice Amée.

Asiento con la cabeza, agradecida por la forma en que ella, su hermana y su madre se interponen entre Raoul y yo.

—Nunca te he engañado, ni lo haría nunca. Haré cualquier cosa para demostrar mi inocencia.

Pienso en todas las posibles ordalías. Elijo la que se parece más al castigo que Raoul ya me ha hecho pasar, diciendo:

—Caminaré a través del fuego delante de todos para que sean testigos de mi honradez.

Mi marido levanta las manos sorprendido.

—Por el amor de Dios, no te quemes en el fuego.

—Pero no me quemaría —insisto—, porque no soy una de esas mujeres.

—No, no. Si has de hacer algo, quiero que vayas ante el altar de Nuestra Señora de Le Puy y jures delante todo el mundo que eres inocente de estas acusaciones que me dijeron y que nunca me has sido infiel.

—Con gusto. Vámonos ahora.

Me doy la vuelta, ansiosa por que esta pesadilla termine pronto.

—Y luego quiero que subas al pináculo de Saint Michel y saltes desde la cima para unirte con los otros pecadores.

Mi corazón se detiene. Vuelve a latir solo cuando Isabeau grita:

—¡No!

En sueños me he visto volar desde ese pináculo como si fuera un pájaro casi todos los días de mi vida. Pero también he visto lo que sucede cuando la gente es empujada desde lo alto de Saint Michel en la realidad. Es el castigo para que los peores delincuentes y criminales mueran aterrorizados y sin sacramentos.

—Santa María, protegedme —digo. Miro a Raoul a los ojos—. Lo haré con alegría si después nunca más sospechas de mí.

Con los ojos muy abiertos, Raoul asiente.

—Así sea.

Camino en dirección a la catedral con el tobillo más firme ahora que antes.

—No lo harás, ¿verdad? Jurarás ante el altar y entonces él se quedará satisfecho —dice Amée.

Miro hacia atrás a mi marido que nos sigue. Está frunciendo el ceño. Antaño nunca me dejaba de mirar con una sonrisa. Solía despertarme con un beso suave y una copa de vino especiado. Haría cualquier cosa para que me volviera a tratar así.

No respondo a Amée. Empujo la puerta de la catedral. Están cantando la misa de Vísperas, así que los cinco nos detenemos en la parte de atrás y cantamos los responsorios con los demás. Cuando termina, me abro paso entre la multitud y coloco mi mano sobre el altar a los pies de Nuestra Señora.

—Virgen Madre, guardadme de estas acusaciones falsas. Juro por la fe cristiana que nunca le he sido infiel a mi marido, ni lo haré nunca. Solo lo he honrado y he sido tan fiel como vos a San José, amando y temiendo solo a Dios más que a él. Reina del Cielo, protegedme mientras demuestro mi inocencia.

Ninguna de las personas que estaban para la misa se ha ido cuando me doy la vuelta. Serán un centenar, y entre ellos probablemente están los hombres que mancillaron mi nombre. Todos ellos y el molinero se unen a Amée, Isabeau, su madre y mi marido, siguiéndome mientras desfilo por el centro de la ciudad como deben hacerlo los presos antes de que los empujen a su condena desde la cima. Algunos cantan y atraen aún más gente, tanta que parece que ha llegado la fiesta del pueblo.

Los 268 escalones nunca han requerido menos esfuerzo. Me siento ingrávida sobre mi tobillo. Llego antes que los demás a la cima bajo un cielo despejado y tengo que esperarlos allí donde siempre me he sentido libre. Miro al cielo, esperando vislumbrar a la Virgen Madre y a su Hijo, porque sé que están mirando, y luego dirijo mi mirada hacia los que están abajo.

Alguien, incluso menos afortunado que los prisioneros, tiene la tarea de limpiar los cuerpos que caen. A veces, cuando llego a esta cumbre, veo que se han desprendido entre los arbustos o encima de las tejas. Me pregunto si el prisionero cojo seguirá torturado en la vida venidera. O si estará mejor porque hay menos carne para torturar. Intento tragar saliva, pero mi garganta está seca del miedo, del mismo miedo que ha sentido cada delincuente que ha sido arrojado de esta manera antes que yo. En este lugar reservado para un juicio severo, tengo que recordarme que no soy pecadora.

Cuando llegan todos, el pináculo está tan lleno que no me sorprendería que algunas personas se cayeran por falta de espacio. Raoul está con mis amigos. Me pregunto si me creerá si sobrevivo. Solo puedo estar segura de que Dios y Su Madre están conmigo.

—Ayudadme a convencer a este incrédulo, Santa Madre de Dios. Ayudadme ahora, ya que siempre ayudáis a los que no hacen mal.

Amée e Isabeau se abren paso entre la multitud hacia mí, pero los habitantes del pueblo las detienen. Me quito el vestido y lo dejo caer abajo.

Me quedo en ropa interior, como los prisioneros que saltan. Quiero que todos me vean como me ve mi marido, como la delincuente que no soy. La tela de mi camisón, que era fina cuando la estrené, ahora está tan desgastada que no hay nadie que no me pueda ver absolutamente todo. Se quedan sin aliento mientras me miran fijamente. Pero incluso con la piel de gallina, estoy orgullosa de ser juzgada. En mí no encontrarán ninguna mancha, solo la demostración de que la Virgen Madre me cuida como si fuera su hija huérfana, no importa en cuántos pedazos me encuentre.

Ya me estoy cayendo.

He dejado a la gente muy atrás, en la cima.

Debería asustarme. Pero es como si pudiera sentir las miradas amorosas de María y de su Hijo sujetando mi camisón contra mi piel y acariciando mi rostro, y son suaves como un manto de terciopelo. O los brazos de una madre.

Me estrello lejos de los edificios y los arbustos me parecen blandos, como las nubes en el retablo detrás del altar. Lo que parecen espinas y ramas gruesas son más flexibles que la lana que me estranguló antes de invitar a mis amigas a cardarla.

Me levanto. Preveo que mi cuerpo se quedará atrás, que mis pies estarán sobre ese techo, mis manos debajo de ese arbusto, mi cráneo roto sobre esas rocas. Pero miro mis manos y mis pies y definitivamente están adheridos a mi cuerpo. Incluso me duele un poco el tobillo.

He sido llevada al suelo con tanto cuidado como una madre acuesta a su bebé en la cuna, como de la mano de la misma Virgen. Incluso si estuviera sola en el mundo, tendría a la persona más importante cuidándome desde el cielo.

—¡Alabados sean Dios y su Madre! —grito al volver a la razón.

Raoul viene corriendo alrededor de la base del pináculo para encontrarse conmigo, con todas las gentes detrás. Amée rescata mi vestido de un arbusto cercano y me ayuda a vestirme para que no tenga tanto frío. Raoul obliga a todos a arrodillarse ante mí. Él mismo besa mis manos y derrama lágrimas limpiadoras sobre ellas.

—¡Oh, Cateline, mi querida esposa, paciente mujer, santa señora! Perdóname mis dudas sobre ti, así como Dios perdona a los que obran mal.

Le sonrío, pero no puedo decir nada porque la multitud me lleva a hombros. Me hacen desfilar de regreso por la ciudad, camino contrario al de los condenados.

Miro hacia atrás a Raoul, procurando mantener el paso entre la multitud.

—Es mi esposa —le dice a todo el mundo. Me saluda con la mano y reconozco al marido que una vez conocí.

Agradezco a la Virgen María por devolverme a mi protector benevolente. Espero que Raoul ponga ofrendas de dinero y velas en el altar de la Virgen durante muchos años. Quizás vayamos en romería a otros lugares donde Santa María haya realizado milagros.

Me llevan al interior de la catedral y me ponen ante el altar. Todos hacen fila para tocar mi cabeza o besarme la mano.

El molinero explica lo que sucedió a uno de los sacerdotes, diciendo:

—¡Es un milagro! Alguien tiene que escribirlo.

Notas históricas

Las *Cantigas* son poemas maravillosos, repletos de recursos lingüísticos expertos y efectos lúdicos, porque los mejores poetas de la época las escribieron. Sin embargo, incluso las cantigas más largas presentan narrativas esquemáticas. Los narradores medievales parece que confiaban en que su público tuviera en cuenta referencias a otras historias y eventos de la época, que pudieran servir de referencia para el escuchante. Debido a esto, con el paso del tiempo, una historia que fue emocionalmente eficaz en la Edad Media, puede tener menos interés para los lectores modernos.

Al desarrollar las narrativas de esta colección, añadí casi todo lo que un lector de hoy requiere: personajes, ambientación, escenas, profundidad emocional y los detalles que hacen que el lector sienta que está ahí con los personajes. Traduje y adapté el diálogo cuando aparecía en los poemas, pero los originales sirvieron principalmente como bosquejos de los argumentos.

2. Cantiga 42. Manuscrito de El Escorial T.I.1.

Mi esposa gloriosa:
Cantiga 42

Esta leyenda puede tener su origen en el Imperio Romano. Si bien el poeta y los miniaturistas de las *Cantigas* se preocupan mucho por explicar por qué la imagen de Santa María está al aire libre, habría sido perfectamente natural que un antiguo romano se encontrara con una estatua de Venus, por ejemplo, mientras se holgaba con sus amigos. La leyenda se hizo popular y se encuentra en muchas tradiciones folclóricas europeas. Los coleccionistas de las *Cantigas* podrían escribir su poema a partir de cualquiera de las siete versiones conocidas que se encuentran en colecciones de milagros en latín, inglés y francés de los siglos XII y XIII, o en otras versiones que se han perdido con el tiempo.

Este milagro se sitúa en "Alemania". Tengo poco conocimiento práctico de la Alemania medieval, que creo que también fue el caso de al menos algunos de los artistas de las *Cantigas*, porque en la viñeta final (ilustración 2), los pinos, que evocan un detalle específico en el poema, tienen la forma redondeada de los pinos ibéricos en vez de la triangular de los pinos de la Alemania medieval y del resto del mundo. Por lo tanto, me tomo la libertad de ambientar esta historia en una Alemania imaginaria.

La canción se refiere al juego de los jóvenes simplemente como "pelota" (l. 19), y luego especifica que es el juego al que más les gusta jugar (l. 20). Los artistas del códice rico fueron más explícitos y diseñaron una segunda viñeta que provocó que los académicos estadounidenses usaran el término "béisbol" en el siglo XX (Keller y Cash; Keller y Kincade), con un lanzador, un bateador y jardineros (ilustración 2). Sabía que la palabra "béisbol" desconcertaría a mis lectores y, como los poetas, he empleado simplemente "pelota", pero un personaje lleva un bate y seguro que piensan correr alrededor de bases.

La viñeta 5 inspiró la forma en que la Virgen retuerce dolorosamente la mano de Waltram durante su segunda aparición escandalosa entre él y su novia en el lecho matrimonial. Mi colección comienza con esta cantiga mostrando a los lectores que Santa María siempre va en serio. Desarrollé las imágenes en los sueños para darle a Waltram una "angustia" específica y agregar a su terror mortal el deseo de proteger a la mujer con la que acaba de casarse.

La audiencia original en la corte de Alfonso X habría considerado este un final feliz porque los fieles deben cumplir sus promesas. Si Santa María permitiera que se incumpliera una promesa, la sociedad se convertiría rápidamente en un caos.

El anfitrión incauto:
Cantiga 67

Las fuentes posibles de este milagro incluyen tres manuscritos existentes en francés y un manuscrito en inglés de los siglos XII y XIII. La popularidad de la historia probablemente contribuye a su imprecisión geográfica: el texto de la cantiga no menciona dónde tiene lugar este milagro. Decidí ambientarlo junto al Camino de Santiago, que fue una ruta tremendamente popular en el siglo XIII, porque la trama requiere que un hombre rico emprenda muchos proyectos caritativos. Un albergue de peregrinos parecía el destinatario perfecto del tiempo y los recursos de don Filadelfo y el tema de su diario. Visité una vez Carrión de los Condes en la provincia de Palencia y me maravillé de su arquitectura románica. Habría sido natural que el obispo apareciera de vez en cuando en un pueblo tan importante.

El elemento zombi de la trama me parece atractivo para los lectores a lo largo de los siglos. Me temo que hice la revelación más cruenta que los artistas de las *Cantigas* (ilustración 3). En la viñeta 6, el cadáver desecado con el esqueleto claramente delineado probablemente fue suficiente para asustar a cualquiera. Solo lamento no haber podido eludir la ceguera de don Filadelfo ante las intenciones del diablo para poder usar un truco genial como lo hicieron los artistas, mostrando el rostro demoníaco en la parte posterior de la cabeza de Cresconio en las viñetas 3, 4 y 5.

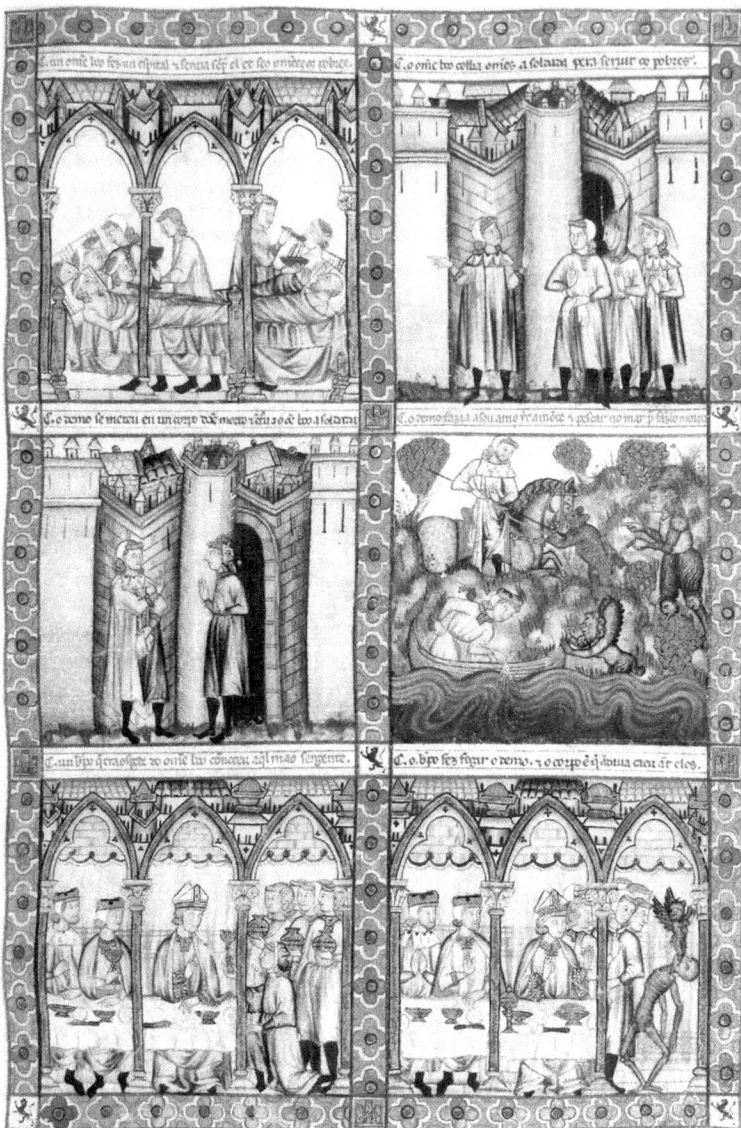

3. Cantiga 67. Manuscrito de El Escorial T.I.1.

La oveja y el lobo:
Cantiga 147

La única fuente posible que ha perdurado hasta nuestros días para esta cantiga es Rivipullensis 193, de finales del siglo XII o principios del XIII. Ripoll, que le da la signatura al manuscrito, es una hermosa ciudad histórica a los pies de los Pirineos en lo que es hoy Cataluña. Esta región mantenía un contacto cultural estrecho con el sur de Francia, por lo que tiene sentido que los monjes de Ripoll recibieran noticias de Rocamador, donde se desarrolla este milagro.

Con esta historia, quería resaltar el papel de los animales en la vida medieval. Aunque se utilizan para el comercio, los animales tienen una forma de encariñarse con las personas, hoy y en el pasado. Escribí el cariño de mi personaje por su oveja especial a partir de los hermosos animales con lana lujosa en las miniaturas de la Cantiga 147 (ilustración 4), y decidí que la protagonista del milagro tenía que ser una oveja merina española. Las ilustraciones muestran a la anciana esquilando su oveja recuperada y llevando la lana al santuario de Santa María alegremente. Mi personaje renuncia a la lana milagrosa un poco más a regañadientes, pero su donación es necesaria para mantener la idea alfonsí de lo correcto.

La música de esta cantiga imita deliciosamente el balido de las ovejas, dividiendo frecuentemente las sílabas al final de las frases en tres o más notas descendentes (Casson, http://cantigasdesantamaria.com/csm/147#music/). El poema cita las palabras de la oveja: «Ey-m ʿacá» (Aquí estoy) (l. 37).

4. Cantiga 147. Manuscrito de El Escorial T.I.1.

El fraseo musical invoca un sonido e-e-e que no fuerza la imaginación y hace que el milagro sea mucho más verosímil.

El castillo más allá del riachuelo: Cantiga 185

Un incidente relacionado con este milagro tuvo lugar en la frontera entre Castilla y el Reino de Granada, probablemente al inicio del levantamiento mudéjar de 1264 (O'Callaghan, *Alfonso X* 112). El poeta afirma haber escuchado el milagro de testigos fiables (o sea, no haberlo leído), por lo que la cantiga es el primer testimonio de este incidente, y su misma inmediatez puede implicar parcialidad (Montoya, *Historia* 11). En otras palabras, toca la fibra sensible del público de la época. La importancia de esta cantiga estriba en ser una historia con la que los oyentes podían identificarse y justifica su ubicación en un número que termina en 5. Tales milagros recibieron un tratamiento especial en el taller alfonsí, con un texto más extenso y dos hojas completas de iluminaciones en el códice rico en vez de una.

El alcaide del castillo de Chincoya en 1264 era un hombre llamado Sancho Martínez de Jódar (O'Callaghan, *Alfonso X* 113), y este personaje tiene un homólogo ficticio en "El castillo al otro lado del riachuelo". En su razonamiento para confiar en el alcaide de Bélmez, se refiere a la conquista inicial de la Península Ibérica por parte del complejo grupo denominado "moros" en el año 711. Cuenta la leyenda que los visigodos, los reyes de España en ese momento, perdieron su imperio en esta última ola de expansión musulmana debido a su debilidad moral. Sin embargo, los cristianos españoles en la política y los militares a lo largo de la Edad Media consideraban el poder árabe como una invasión de una tierra que era suya por naturaleza. Sentían una profunda obligación de "reconquistar" el control político de la tierra. En la práctica, a menudo los "enemigos" convivían, participando de un intercambio cultural multifacético, desde la corte al mercado e incluso construían edificios religiosos colectivamente.

La raza y la religión medievales se consideraban de forma completamente diferente a la de la sociedad moderna (véase Kaufman y Sturtevant para obtener recursos extensos y una introducción a los efectos que esto tiene en el discurso moderno). Por lo tanto, es relativamente fácil que la esposa del alcaide mire a través de la agresión de sus enemigos para ver su humanidad compartida en mi versión del milagro. Al mencionar que la tradición musulmana aprecia mucho a María, la madre de Jesús, aquí (v. 87) y en la Cantiga 233 (v. 42), los poetas medievales reconocen un aspecto que los "enemigos" comparten. Para los poetas, las fuerzas militares moriscas y cristianas están separadas principalmente por circunstancias históricas que se pueden superar con un poco de buena voluntad.

Se puede encontrar una discusión de las presiones sociopolíticas sobre el alcaide histórico de Chincoya del siglo XIII en *La ley y el orden en la España medieval*. A nivel de la estética de la recepción, es difícil simpatizar con el personaje de Sancho porque sus acciones son claramente equivocadas y peligrosas. De hecho, después de su captura humillante en la viñeta 8, no sale en las iluminaciones de nuevo (ilustración 6), y el poema tampoco lo menciona después de que le pide a Chincoya que se rinda, ignorándolo en las últimas seis estrofas.

Necesitaba crear un personaje que pudiera mantener la simpatía de los lectores a lo largo del argumento. Aunque el alcaide de Cantiga 185 parece soltero, me inspiré en la orden judicial alfonsí que reza que cualquiera al que se le ha otorgado una aldea real o fortaleza no abandone la propiedad bajo ningún concepto, incluso si los enemigos secuestran o asesinan a su esposa e hijos (*Espéculo* 2.7.4.c). La esposa y reciente madre en mi adaptación ha sido abandonada por su marido y se ve obligada a defender el castillo del rey y sus pocos soldados solo con su fe. Menos mal que está en una cantiga, donde para los fieles, todo siempre sale bien.

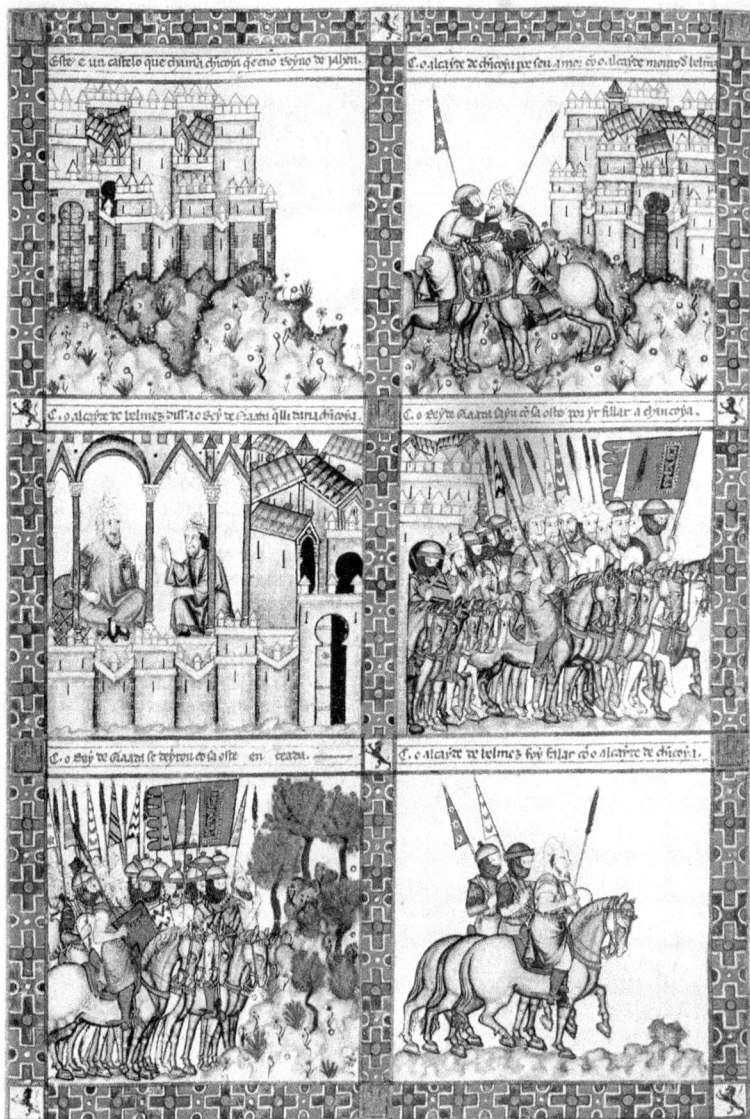

5. Cantiga 185, fol. 1. Manuscrito de El Escorial T.I.1.

6. Cantiga 185, fol. 2. Manuscrito de El Escorial T.I.1.

Trovador de Santa María:
Cantiga 194

El poeta de esta cantiga no menciona cómo se enteró del milagro y tampoco se han identificado posibles fuentes escritas. Al códice rico le faltan varios folios al final, por lo que, aunque probablemente en su origen incluía todas las canciones hasta la Cantiga 200, la 194 es la última cantiga iluminada en el manuscrito (ilustración 7). Admiro especialmente la viñeta 2, en la que el juglar entretiene a un público aparentemente agradecido, y la viñeta 4, en que los ladrones le quitan todo lo que tiene, hasta la túnica que lleva puesta. En la viñeta 6, el juglar se aleja triunfante, cogiendo su túnica sin volver a vestirse en su prisa por dejar atrás a los atacantes mientras estén inmovilizados.

La ubicación del milagro en "Catalonna" (l. 5), así como la naturaleza salvaje representada en las últimas cuatro viñetas, me sugirió las zonas escarpadas de Cataluña, donde los ladrones tendrían una segura ventaja sobre los viajeros solitarios.

En el siglo XIII, Cataluña formaba parte del Reino de Aragón, donde reinaba el suegro de Alfonso X, Jaume I, y después su cuñado, Pere III. Munio menciona su casa en Navarra. Este fue otro reino en el norte de la Península Ibérica con lazos políticos y culturales estrechos con la Corona de Castilla. En el siglo XIII, y especialmente en el contexto de la política de unificación de Alfonso X, estos reinos mantenían relaciones amistosas, y muchos escritores (castellanos) de la época ya pensaban en estas tierras diversas como parte de la unidad de "España". Un juglar viajero como Munio podría haber ejercido su oficio con una expectativa razonable de seguridad. En las montañas, sin embargo . . . Solo la Madre de Dios podía proteger a alguien en esos lugares infames.

Munio canta el estribillo de Cantiga 29 mientras deambula por las montañas. Todos los demás personajes que menciona en este relato provienen de poemas épicos medievales españoles, entre los cuales se considera "mío Cid" el "best seller". *El Cantar de mío Cid* se conserva en un solo manuscrito, fechado en 1207, y relata de manera poética la vida de un hombre histórico, Ruy Díaz de Vivar (c. 1043-1099), quien tuvo un papel importante en la corte durante la infancia del Reino de Castilla en el siglo XI. De hecho, los españoles medievales parecen haber preferido material histórico fáctico para su entretenimiento, ya que todas las epopeyas mencionadas tienen su origen en posibles acontecimientos históricos. Este utilitarismo es una de las razones por las que los milagros de las *Cantigas* son en general tan sensatos, contextualizados y verosímiles.

Esta no es la única vez que Santa María paraliza repentinamente a unos agresores en las *Cantigas*. Elegí este ejemplo para escribir sobre un músico viajero, ya que la música es muy importante en las *Cantigas*. El relato da título a esta antología conmemorativa porque en un contexto más amplio, el "trovador de Santa María" es Alfonso X mismo.

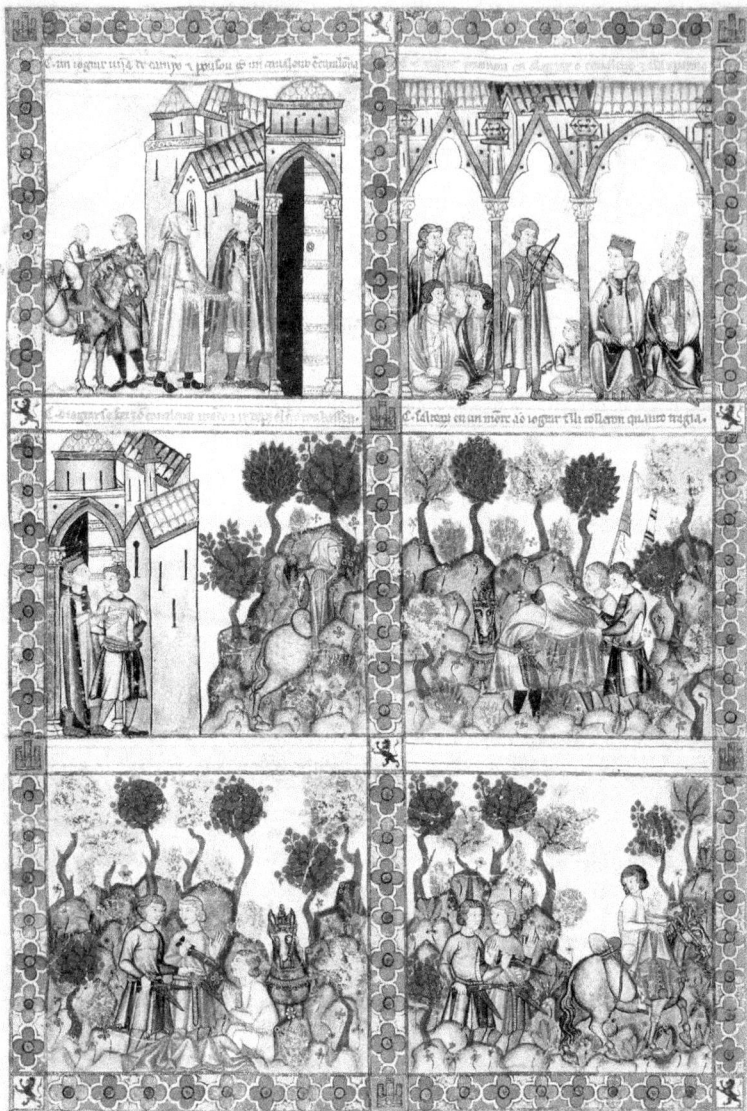

7. Cantiga 194. Manuscrito de El Escorial T.I.1.

El torneo de honor:
Cantiga 195

Este milagro tiene tres posibles fuentes que han llegado hasta nosotros, una de origen inglés y dos francesas. Es otro ejemplo del intercambio cultural entre España y el sur de Francia. El texto de esta cantiga es más largo que la media, con veinticinco estrofas, y debería tener dos hojas completas de ilustraciones en el códice rico. Si bien ese manuscrito conserva la notación musical y el texto, el arte se ha perdido. Existen muchos ejemplos de caballeros y monjas en otras cantigas, a veces en la misma viñeta (ilustración 8), por lo que sería sencillo reconstruir una aproximación plausible al material perdido de la manera demostrada por Charles L. Nelson.

María canta parte del estribillo de la Cantiga 10, que es la primera de alabanza de la colección y una de las más bonitas. Confirma el papel de trovador que el rey Alfonso establece en el Prólogo y eleva a Santa María por encima de todos los demás amores con una metáfora que evoca su emblema, la rosa. Las rosas han evolucionado a través de la horticultura para volverse voluminosas. En el siglo XIII, las rosas se parecían más a las jaras, planas y, por lo general, con solo cinco pétalos, cinco como el número de Santa María.

La audiencia medieval del poema habría entendido el destino del caballero como un final feliz, porque a pesar de sus pecados, se ve claramente favorecido por Santa María y aceptado en el paraíso. Además, el público moderno probablemente esté de acuerdo en que el final de María es feliz porque obtiene lo que quiere y la abadesa ya no la va a molestar. El milagro es complejo en el texto medieval, ya que incluye tanto la aparición de Santa María en los sueños de María como la redención del caballero. A los milagrosos sucesos de este cuento, yo les sumaría la superación repentina de los deseos lascivos de don Ordoño.

8. Cantiga 59, viñeta 1, que muestra a una monja y un caballero en la puerta de un convento. No se conservan iluminaciones para la Cantiga 195. Manuscrito de El Escorial T.I.1.

La venganza adecuada:
Cantiga 207

Esta no es la primera vez que escribo de Santa María la Nueva, un edificio fascinante en el casco histórico de Zamora, España. En mi versión de la leyenda del motín de la trucha, el hijo en peligro de muerte se llama Pedro, lo que influyó mucho en mi elección del nombre del hijo de don Fortún.

En contraste con la longitud de la Cantiga 195, la Cantiga 207 es el milagro más corto de la colección. Presento mi traducción del texto original para mostrar la cantidad de elementos que agregué a cada relato:

Si un hombre le hace un favor a la Virgen de
　buena gana,
ella le dará señales de que le agrada.

Te contaré un milagro sobre esto y lo disfrutarás.
Santa María lo hizo con misericordia y amor
para un muy buen caballero, su servidor leal,
que ponía su corazón y su mente en servirla.

Tenía un hijo al que amaba más que a sí mismo,
y un caballero lo mató. Con dolor
de su hijo, capturó (al caballero) y quiso matarlo
donde había matado a su hijo, pero no pudo.

Llevándolo cautivo, entró en una iglesia,
y el preso lo siguió, pero se olvidó de (el preso).

9. Cantiga 207. Manuscrito BR 20 de Florencia.

Cuando vio la imagen de la Virgen allí, liberó
(al cautivo),
y la imagen se inclinó y dijo "Gracias" por ello.

El poeta no indicó dónde ni cuándo ocurrió este milagro. Me tomé la libertad de ambientarlo donde vivo, la hermosísima ciudad medieval de Zamora, porque quería ofrecer descripciones más claras de las que el poeta había hecho. Espero que mis conocimientos del lugar acerquen al lector a la experiencia de don Fortún y consiga un relato evocador y emotivo.

Se conserva una hoja de ilustraciones sin leyendas para esta cantiga en el manuscrito F (ilustración 9). Los artistas parecen haber tenido algunos problemas para interpretar quién fue el destinatario del milagro, quizás debido a los pocos detalles proporcionados en el poema. La primera viñeta establece la devoción de un hombre por Santa María, una señal segura de que es el protagonista. Pero en la viñeta 2, vemos que este hombre es el asesino. En las siguientes viñetas, el padre del hijo muerto, mi Fortún, se retrata antipático con el rostro cubierto por una cota de malla y en una posición de poder amenazante sobre el protagonista establecido. Estoy de acuerdo con los artistas en que el milagro afecta más a Blas, porque es su vida la que se salva, excepto que el argumento claramente empatiza con Fortún y su tremendo dolor y, lo más importante, las gracias sobrenaturales se dirigen a él. Las iluminaciones de la Cantiga 207 son una clara evidencia de la independencia de los trabajadores en el taller alfonsí, creando diálogos e incluso contradicciones entre los diferentes medios del producto final.

Tierra de nadie:
Cantiga 233

Es otro milagro que ocurre cerca de casa para los artistas de las *Cantigas* y del que no se conocen versiones anteriores. El poema está situado en un pasado nebuloso, por eso decidí ambientar la historia a principios del siglo XI. Peñacoba, el sitio de la ermita a la que se hace referencia en la cantiga, se encuentra en la actual provincia de Burgos y no habría estado cerca de una frontera disputada con reinos musulmanes en otro momento histórico posterior.

La ambientación temporal sugiere que estos caballeros están luchando por el rey Fernando I, justo después de que Castilla se convirtiera en reino en vez de un condado del Reino de León. La cantiga comienza in media res, diciendo que el protagonista mató a mucha gente, y un día sus enemigos lo encontraron solo en el camino. Espero que darle a don Jacinto un motivo para viajar por el despeñadero peligroso profundice en su psicología y ayude al lector a simpatizar con él.

La Cantiga 233 siempre ha mantenido una especial fascinación sobre mí, quizás por el elemento sobrenatural. Fue la primera cantiga que intenté adaptar para el lector moderno. Antes de comenzar mis estudios de doctorado, creé un guion pesadísimo de cortometraje a partir de este milagro, sosteniendo que el cine era la única "traducción" apropiada para las *Cantigas de Santa María*, que son tan multifacéticas. Un tiempo después de haber terminado mi doctorado además del primer borrador de mi novela épica de la leyenda de los siete infantes de Lara, volví a la Cantiga 233. Esa historia se convirtió en una semilla que germinaba lentamente y ahora ha florecido con este libro.

Agua clara:
Cantiga 321

No es casualidad que esta cantiga se ambiente en el sur de España, que tenga como personaje el rey Alfonso X y sea la primera vez que se documente el milagro. Como la mayoría de las cortes españolas medievales, la de Alfonso X fue itinerante, y sin embargo pasó la mitad de sus treinta y dos años de reinado en Sevilla, ahora la capital de Andalucía. El rey tenía un interés especial en mantener el control político sobre la región que había ayudado a su padre, Fernando III el Santo, a reconquistar para Castilla, y vivir cerca de la frontera con Granada y los puertos de Andalucía ofrecía ventajas estratégicas.

Elegí adaptar este milagro porque los poetas lo ambientaron en Córdoba, donde conocí por primera vez a Alfonso X y las *Cantigas*. Estaba muy contenta de aplicar mi conocimiento íntimo del casco histórico y la distancia desde la singular Mezquita-Catedral hasta el palacio real. Ballesteros-Beretta (*Itinerario*) ubica a Alfonso X en Córdoba en 1265, que resulta el año ideal para la historia porque el príncipe Fernando era joven y aprendía a servir como rey, y fue antes de que los trágicos acontecimientos de la década de 1270 amargaran la perspectiva de Alfonso X. En 1265, el rey habría estado emocionalmente disponible para ayudar a una madre viuda y desesperada que, al final, no pedía mucho.

También quería incluir la curación milagrosa de una enfermedad contagiosa para traer algo del poder curativo de las *Cantigas* a la pandemia del COVID-19. La escrófula es una enfermedad que todavía se puede contraer en la actualidad. Las bacterias de la tuberculosis se asientan fuera de los pulmones, generalmente como en este relato, en los ganglios linfáticos, y causan hinchazón dolorosa y ampollas en el cuello. Con los tratamientos disponibles en la Edad Media, fácilmente podría ser letal.

La enfermedad era lo suficientemente común en el momento en que se escribió la Cantiga 321 que en Inglaterra y Francia, y posiblemente en otras culturas, se había desarrollado un folclore sobre la escrófula en el que atribuían poderes sobrenaturales a sus monarcas (Montoya, "'Põer'"). El espíritu pragmático español permite a Alfonso X reírse de la sugerencia mágica y encaminar a sus súbditos a un tratamiento que, en su reino ideal, no puede fallar, cumpliendo así su papel de intermediario entre Santa María y sus súbditos.

10. Se conservan el texto completo, unas iniciales decoradas y pentagramas musicales de la Cantiga 233, pero el folio contiguo, donde se habrían pintado sus ilustraciones, ha sido arrancado. Manuscrito BR 20 de Florencia.

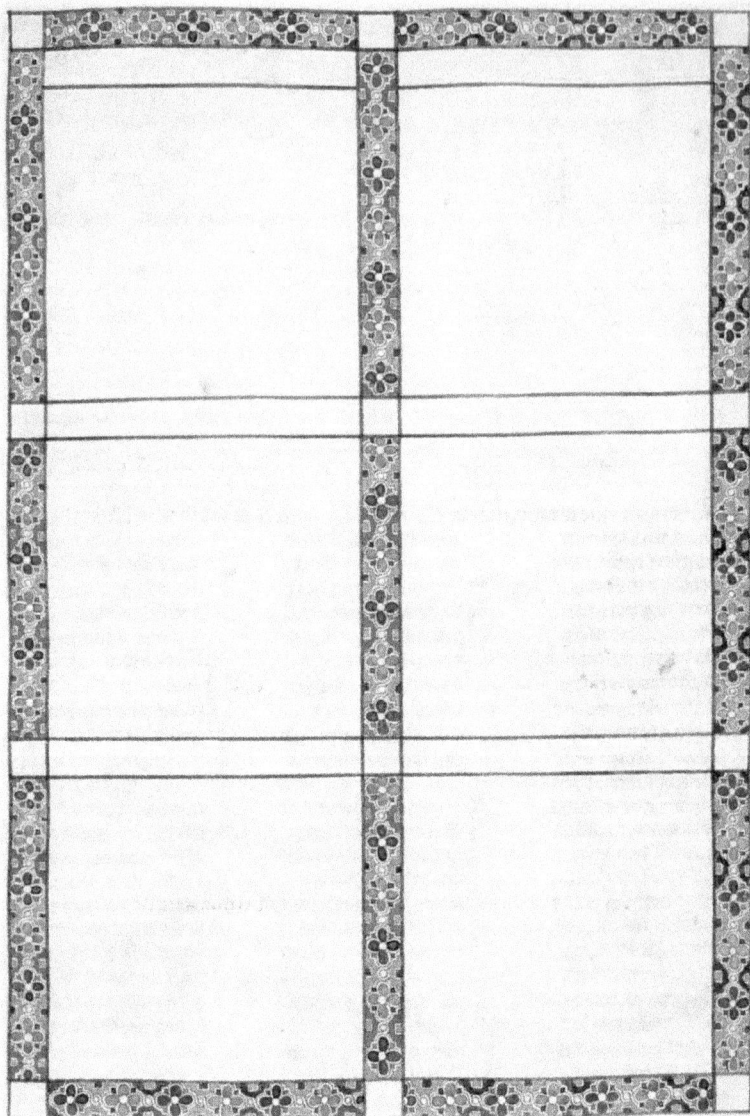

11. El folio inacabado destinado a ilustrar la Cantiga 321.
Manuscrito BR 20 de Florencia.

Hilos desteñidos:
Cantiga 341

La ubicación es primordial en esta cantiga. La geografía del Mont St. Michel en Le-Puy-en-Velay evoca mil historias de saltos dramáticos y caídas terribles. Los relatos de personas inocentes que sobrevivieron a las ordalías jurídicas fascinaron a los oyentes a lo largo de la Edad Media, por lo que es desconcertante que, según Stephen Parkinson, después de la versión de las *Cantigas*, la versión más antigua que existe de este milagro, refiriéndose a la roca de Puy-le-Velay, data del siglo XVI ("Alfonso X" 98).

Este es el segundo relato que escribí, hace años, con la idea de algún día agregar más y hacer un libro. Surgió poco después de que terminé "Tierra de nadie". Había escrito mucha ficción histórica desde un punto de vista masculino, así que en ese momento buscaba una perspectiva femenina para variar. Durante mis días de estudiante, ciertas líneas de la Cantiga 341 me impresionaron profundamente:

> Y muchas veces fue maltratada y gravemente
>   herida por él,
> y tenía poco de comer, además andaba mal vestida,
> que las mujeres con maridos celosos llevan este
>   tipo de vida. (vv. 16-18, mi traducción)

Hoy en día, sabemos que no está nada bien aceptar que alguien sea tratado de esta manera. En contraste, la canción medieval tiene que explicar que la mujer es devota de Santa María y nunca le ha dado a su marido motivos para dudar de su fidelidad, y solo por eso el marido se equivoca. La protagonista de la cantiga se enfrenta a su marido, razonando que las personas que no han cometido ningún delito no deberían ser castigadas, pero solo después de que ella ya ha sufrido demasiado.

Me estremecí al imaginar cómo sería vivir en una sociedad en la que las mujeres no tuvieran recurso alguno contra el maltrato conyugal, y quería recuperar la historia contándola desde el punto de vista de la esposa y brindarle una red de apoyo que la ayudara a encontrar la valentía para defenderse a sí misma. La frase sobre estar mal vestida inspiró la ocupación de Raoul, ya que sería mucho más difícil ocultar que no tiene ropa nueva si Cateline está casada con el sastre del pueblo.

El marido en la cantiga entiende su error y se disculpa, al igual que Raoul. Aunque no es una solución práctica en el mundo de hoy, su esposa lo perdona y viven felices en adelante, ya que todas las cantigas tienen finales felices.

A diferencia de los otros relatos, escribí esta adaptación con los verbos en tiempo presente. Parece oportuno finalizar esta colección conmemorativa con este reconocimiento simbólico de la forma en que estas historias siguen siendo relevantes, ocho siglos después.

Bibliografía

Alfonso X, *el Sabio. Cantigas de Santa María*. 3 vols., edited by Walter Mettmann, Clásicos Castalia, 1986–1989.

—. *Cantigas de Santa María: Edición facsímil del códice T.I.1 de la Biblioteca de San Lorenzo el Real de El Escorial, siglo XIII*. Edilán, 1979.

—. *Cantigas de Santa María: Edición facsímil del códice B.R.20 de la Biblioteca Nazionale Centrale de Florencia, siglo XIII*. Edilán, 1989.

—. *Espéculo: Texto jurídico atribuido al Rey de Castilla don Alfonso X, el Sabio*. Edited and introduction by Robert A. MacDonald, Hispanic Seminary of Medieval Studies, 1990.

—. *Songs of Holy Mary of Alfonso X, the Wise: A Translation of the "Cantigas de Santa Maria."* Translated by Kathleen Kulp-Hill, Arizona Center for Medieval and Renaissance Studies, 2000.

Ballesteros-Beretta, Antonio. *Alfonso X, el Sabio*. El Albir, 1984.

—. *Itinerario de Alfonso X, rey de Castilla*, vol. 8, 1265–1267. Biblioteca Virtual Miguel de Cervantes, 2011. Edición digital a partir de *Boletín de la Real Academia de la Historia*, vol. 109, julio-septiembre 1936, pp. 377-460.

Burns, Robert I., ed. *Emperor of Culture: Alfonso X the Learned of Castile and His Thirteenth-Century Renaissance*. University of Pennsylvania Press, 1990.

The Cantigas de Santa Maria Database. Centre for the Study of the *Cantigas de Santa Maria* of Oxford University, 2005–, http://csm.mml.ox.ac.uk/.

Carpenter, Dwayne E. "Social Perception and Literary Portrayal: Jews and Muslims in Medieval Spanish Literature." *Convivencia: Jews, Muslims and Christians in Medieval Spain*. Edited by Vivian B. Mann, Thomas F. Glick, and Jerrilynn D. Dodds, George Braziller, The Jewish Museum, 1992, pp. 61-111.

Casson, Andrew. "*Cantigas de Santa Maria*" for Singers, 2019–, http://cantigasdesantamaria.com/.

Craddock, Jerry R. "Dynasty in Dispute: Alfonso el Sabio and the Succession to the Throne of Castile and Leon in History and Legend." *Viator*, vol. 16, 1986, pp. 197-219.

Dexter, Elise Forsythe. "Sources of the Cantigas of Alfonso el Sabio." PhD. Diss., U. Wisconsin, 1926.

Domínguez Rodríguez, Ana. "Algunas precisiones sobre el arte alfonsí." *El códice de Florencia de las Cantigas de Alfonso X el Sabio*. Volumen complementario de la edición facsímil del ms. B. R. 20 de la Biblioteca Nazionale de Florencia. Edilán, 1991, pp. 145-162.

Doubleday, Simon. *The Wise King: A Christian Prince, Muslim Spain, and the Birth of the Renaissance.* Basic Books, 2015.

Fidalgo, Elvira. *As Cantigas de Santa María.* Edicións Xerais de Galicia, 2002.

Fita, Fidel. "Biografías de San Fernando y de Alfonso el Sabio por Gil de Zamora." *Boletín de la Real Academia de la Historia,* vol. 5, 1884, pp. 308-328.

Flory, David A. *Marian Representations in the Miracle Tales of Thirteenth-Century Spain and France.* Catholic University of America Press, 2000.

Greenia, George D. "The Court of Alfonso X in Words and Pictures: The *Cantigas.*" *Courtly Literature, Culture and Context: Selected Papers from the Fifth Triennial Congress of the International Courtly Literature Society, Dalfsen, The Netherlands, 9–16 August, 1986.* Edited by Keith Busby and Erik Kooper, John Benjamins, 1990, pp. 227-237.

Guerrero Lovillo, José, *Las Cántigas: Estudio arqueológico de sus miniaturas.* Consejo Superior de Investigaciones Científicas, 1949.

Katz, Israel J., y John Esten Keller, eds. *Studies on the 'Cantigas de Santa Maria': Art, Music, and Poetry: Proceedings of the International Symposium on the 'Cantigas de Santa Maria' of Alfonso X, el Sabio (1221–1284) in Commemoration of its 700th Anniversary Year—1981.* Hispanic Seminary of Medieval Studies, 1987.

Kaufman, Amy S., y Paul B. Sturtevant. *The Devil's Historians: How Modern Extremists Abuse the Medieval Past.* University of Toronto Press, 2020.

Keller, John Esten. "Drama, Ritual and Incipient Opera in Alfonso's *Cantigas.*" In Burns, *Emperor of Culture*, pp. 72-89.

—. "The Living Corpse: Miracle 67 of the *Cantigas de Santa Maria* of Alfonso X." *Bulletin of the Cantigueiros de Santa Maria*, vol. 2, 1988–1989, pp. 55-68.

—. "The Motif of the Statue Bride in the *Cantigas* of Alfonso the Learned." *Studies in Philology*, vol. 56, 1959, pp. 453-458.

Keller, John Esten, y Annette Grant Cash. *Daily Life Depicted in the "Cantigas de Santa Maria."* University Press of Kentucky, 1998.

Keller, John Esten, y Richard P. Kincade. *Iconography in Medieval Spanish Literature.* University Press of Kentucky, 1984.

Knauss, Jessica. *La ley y el orden en la España medieval: La obra legislativa alfonsí y las* Cantigas de Santa María. Açedrex Publishing, 2021.

Knauss, J. K. *Trout Riot: A Legend from Zamora, Spain, in Eight Scenes.* Açedrex Publishing, 2020.

Menéndez Pidal, Gonzalo. "Cómo trabajaron las escuelas alfonsíes." *Nueva Revista de Filología Hispánica*, vol. 5, no. 4, 1951, pp. 363-380.

—. "Los manuscritos de las Cantigas: Cómo se elaboró la

miniatura alfonsí." *Boletín de la Real Academia de la Historia*, vol. 150, 1962, pp. 26-58.

Montoya Martínez, Jesús. *Historia y anécdotas de Andalucía en las Cantigas de Santa María de Alfonso X.* Universidad de Granada, 1988.

—. "'Pôer as mãos sobre os lamparões'; reminiscencias del milagro regio: toucher les écrouelles (CSM 321)." *Exemplaria Hispanica*, vol. 2, 1992–1993, pp. 125-134.

—. "El Puerto de Santa María, exvoto de Alfonso X a María." *Alcanate: Revista de Estudios Alfonsíes*, vol. I, 1998–1999, pp. 99-114.

Nelson, Charles L. "Art and Visualization in the *Cantigas de Santa Maria*: How the Artists Worked." In Katz and Keller, *Studies on the CSM*, pp. 111-134.

O'Callaghan, Joseph F. *Alfonso X and the Cantigas de Santa Maria: A Poetic Biography.* Brill, 1998.

—. "The Ideology of Government in the Reign of Alfonso X of Castile." *Exemplaria Hispanica*, vol. 1, 1991–1992, pp. 1-17.

—. *The Learned King: The Reign of Alfonso X of Castile.* University of Pennsylvania Press, 1993.

Parkinson, Stephen. "Alfonso X, Miracle Collector." *Alfonso X El Sabio 1221-1284, Las Cantigas de Santa María, Códice Rico, Ms. T-I-1, Real Biblioteca del Monasterio de San Lorenzo de El Escorial*, vol. II, edited by Laura Fernández Fernández and Juan Carlos Ruiz Sousa, Testimonio, 2011, pp. 79-105.

—. "*Meestria métrica*: Metrical virtuosity in the *Cantigas de Santa Maria.*" *La corónica*, vol. 27, no. 2, Spring 1999, pp. 21-35.

—. "Miragres de maldizer?: Dysphemism in the *Cantigas de Santa Maria.*" *Bulletin of the Cantigueiros de Santa Maria*, vol. 4, 1992, pp. 44-57.

Presilla, Maricel E. "The Image of Death in the 'Cantigas de Santa Maria' of Alfonso X (1252–1284): The Politics of Death and Salvation." PhD. Diss. New York University, 1989.

Salvador Martínez, H. *Alfonso X, el Sabio: Una biografía*. Ediciones Polifemo: 2003.

Scarborough, Connie L. "Alfonso X: Monarch in Search of a Miracle." *Romance Quarterly*, vol. 33, no. 3, 1986, pp. 349-354.

—. *A Holy Alliance: Alfonso X's Political Use of Marian Poetry*. Juan de la Cuesta, 2009.

Snow, Joseph T. "Alfonso as Troubadour: The Fact and the Fiction." In Burns, *Emperor of Culture*, pp. 124-140.

—. "Alfonso X y las *Cantigas*: documento personal y poesía colectiva." *El Scriptorium alfonsí: de los Libros de Astrología a las "Cantigas de Santa María."* Edited by Jesús Montoya Martínez and Ana Domínguez Rodríguez, Editorial Complutense, 1999, pp. 159-172.

—. "The Central Rôle of the Troubadour *Persona* of Alfonso X in the *Cantigas de Santa Maria.*" *Bulletin of Hispanic Studies*, vol. 66, 1979, pp. 305-316.

—. "Poetic Self-Awareness in Alfonso X's *Cantiga* 110." *Kentucky Romance Quarterly*, vol. 26, 1979, pp. 421-432.

—. "Self-Conscious References and the Organic Narrative Pattern of the CSM." *Medieval, Renaissance and Folklore Studies in Honor of John Esten Keller*. Edited by Joseph R. Jones, Juan de la Cuesta, 1980, pp. 53-66.

Solalinde, Antonio G. "Intervención de Alfonso X en la redacción de sus obras." *Revista de Filología Española*, vol. 2, 1915, pp. 283-288.

Agradecimientos

Estoy en deuda con las siguientes personas que alentaron de distintas maneras mi afición monotemática por todo lo que tiene que ver con Alfonso X el Sabio.

Joseph T. Snow visitó el campus de Brown University durante mi primer año de estudios de doctorado y, probablemente sin saberlo, me hizo ver por qué valía la pena superar el síndrome del impostor y otros demonios para escribir mi tesis sobre las *Cantigas*.

Un comentario de Mercedes Vaquero, «Te gusta contar historias, ¿no?», fue suficiente para darle dirección a mi vida después de los estudios.

Mi querido marido, Stanley Arthur Coombs, escuchaba grabaciones de las *Cantigas* conmigo y me apoyaba en todo durante la escritura de "Tierra de nadie" e "Hilos desteñidos".

Debra J. H. Bolton honró mi trabajo académico alfonsista, dándome un impulso no solicitado y necesario para perseguir esta avenida creativa de honrar el legado de Alfonso.

Connie Scarborough fue una ayuda infalible con todo a pesar de mi pesadez y de nuestra mutua decepción por el aplazamiento y la cancelación de la mayoría de las conmemoraciones alfonsíes en 2021.

Daniel Sanz Martín me ha llevado, incansable, a visitar varios santuarios relacionados con las *Cantigas* bajo toda condición climática imaginable y se complicó la vida para obtener las fotos del facsímil que se conserva en el Archivo Municipal de Burgos.

Fernando Pérez Fernández alimentó mi pasión por la escritura con un sofá incómodo, cocido, lentejas, pollo a la cerveza, ánimos en los momentos clave y un ingenio realista en tiempos de crisis.

Los Low Writers de Tucson, Arizona, se han mantenido unidos a través de cambios de trabajo y una pandemia y constantemente señalan detalles medievales que a mí me parecen normales, pero probablemente no lo son para los lectores de hoy.

Traducir un texto propio a un idioma no materno es como copiar una obra de arte con los ojos cerrados. Daniel Pérez arrastró esta traducción de los pantanos de la literalidad a los palacios del idioma natural. Cualquier error o malentendido que permanezca es mío.

El equipo de expertos de Encircle Publications tuvo fe en mis creaciones literarias.

Esta colección no existiría sin vosotros.

Thank you. Gracias. Graças.

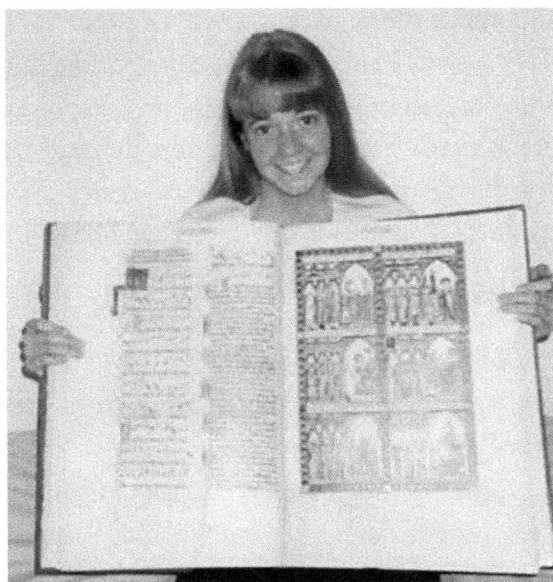

La autora

J. K. Knauss se graduó como la mejor estudiante de su clase con múltiples honores de Wheaton College en Norton, Massachusetts, Estados Unidos. Estudió seriamente las obras de Alfonso X el Sabio por primera vez para su maestría en estudios medievales en la Universidad de Leeds, Inglaterra. Obtuvo su doctorado en la literatura española medieval de la Universidad de Brown con una tesis que ha sido publicada como *La ley y el orden en la España medieval: La obra legislativa alfonsí y las* Cantigas de Santa María. A lo largo de su carrera académica, ha estudiado e investigado en Córdoba, Sevilla y Salamanca, España.

Ha trabajado como bibliotecaria y profesora de español e inglés, así como editora para imprentas pequeñas. Ayudó a fundar Loose Leaves Publishing y Açedrex Publishing, y ahora trabaja como correctora bilingüe en Zamora, España.

Es autora de otro homenaje al legado literario de Alfonso X, la épica medieval aclamada por la crítica *Seven Noble Knights* (Encircle Publications, 2020). Contribuyó un relato a la antología *We All Fall Down: Stories of Plague and Resilience* (2020), y publicó una obra de teatro de un solo acto basada en una leyenda de Zamora, *Trout Riot* (2020).

Escribiendo como Jessica Knauss, también es autora de la novela corta "peculiar e intrigante" *Un hogar en los árboles* (2013), el poemario "exuberante, nunca empalagoso" *Dusk Before Dawn* (2010), la novela paranormal *Awash in Talent* (Kindle Press, 2016) y la novela corta fantástica *The Atwells Avenue Anomaly* (2021). Muchos de sus relatos y microficciones se han publicado en revistas literarias. Ha recopilado estas obras cortas en *Mundos impredecibles: Relatos* (2020), que ha sido comparado con las obras de Bradbury, Kipling, Saki y O. Henry.

Visite su página, www.JessicaKnauss.com.

Si le ha gustado este libro,
por favor considere escribir unas líneas de crítica
y compartirlas con otros lectores.

Gracias,
Encircle Publications

Milton Keynes UK
Ingram Content Group UK Ltd.
UKHW042248130824
446926UK00003B/20

9 781645 992974